探訪

須藤常央

はじめに

本書に収録した写生文は、すべて俳誌『ホトトギス』に掲載したものである。今回一冊の本にまとめるに当たり一部加筆や修正をしたが、内容の変更等は特にしていない。支障があると思われる人以外は実名を出させていただいたが、これも発表当時のままである。お世話になった中には、すでに鬼籍に入られた方もおられるが、この書をもってお礼としご冥福をお祈りしたい。

また、発表当時は一つ一つが独立した文章であったため、特に書き出しのところなど重複感を否めないが、その為とご容赦願いたい。なお、各文末の日付は山会の開催日で、そのまま記録として残すことにした。

私が、ホトトギス主宰（現名誉主宰）・稲畑汀子先生が主催されている山会（文章会）に参加したのは、平成元年のことであった。それまでは俳句一本やりできたが、その後は、東京の汀子先生のご自宅で、月に一度開催される山会の会員として参加するようになった。この山会を通らなければ、ホトトギスへの掲載は不可となってしまうので、落選した時などは軽いショックを受けたものである。

そんなわけで、現在まで発表した写生文は、恐らく三百編を超えているであろう。このように数字だけ見ると大層なことになるが、一回の分量が四百字原稿用紙なら、せいぜい五枚から長くても八枚程度なので、大した量ではない。まあ、塵が積もって小さな山ができた程度と思っている。

これまで発表した写生文をごく大雑把に分類すると、次の四つくらいになると考えている。すなわち、正岡子規関連・高浜虚子関連・その他俳人関連・身辺雑記…等である。この内、子規関連のものは分量も少なく、五つのテーマにまとめることができたので、手始めに子規から着手することにした。最初の三つのテーマ、「子規と興津」「柿熟す」「遠州三吟」は、子規と静岡の今昔を知る上で参考となろう。また、「道灌山」と「葬送の道」は、全国の子規ファンには恐らく見逃せない内容になっているのではないだろうか。

「子規と興津」は、子規の興津移転計画があったことをより多くの人に知っていただければ満足である。

「柿熟す」は、子規と愚庵を称える関係者の活動の記録として、記憶の片隅に留めていただければ幸いである。実はこのテーマには、他に天田愚庵関連のものが多くあったが、子規との関係がやや薄いと判断し本書からは割愛させていただいた。愚庵の調査でお世話になった方々には誠に申し訳ない気持ちである。

「遠州三吟」は、すでに断片的にはよく知られていたが、原点から掘り起こし理解できるような文献が見当たらなかったので、何とか一本の線に繋がるまで追求したものである。「俳人の間で遠州三吟巡りが流行っている」。そんな声が聞こえてくる日を期待したい。

「道灌山」は、子規と虚子の道灌山事件の舞台となった婆の茶店がいったいどこにあったのか、予てから興味を持ち続けて来たが、今回実際に歩くことでかなり接近できたのではないだろうか。ごく個人的なことで、亡き母への恋慕の情が重なってしまい、却って煩わしいと感じる読者もおられると思うが、寛容な心でお許し願いたい。

「葬送の道」は、今は亡き山会の仲間のことにまで及んでしまったが、汀子先生をはじめ子規を敬う気持ちはみな同じである。

引き続き高浜虚子関連のものをまとめたいと考えているが、分量が多いだけにどのように対処するか、これからの作業が楽しみである。

目次

はじめに

第一章　子規と興津…… 9

野菊 9
小菊 13
野菊その後（一） 18
野菊その後（二） 23
野菊その後（三） 28
私の子規忌 34

第二章　柿熟す…… 39

柿熟す 39
柿熟す―その後 44

柿熟す—柿再び 49
柿 53
愚庵の柿 59

第三章　遠州三吟…… 66

雨月 66
村一つ（一） 72
村一つ（二） 78
村一つ（三） 83
立春前 88
続立春前 94

第四章　道灌山…… 100

御院殿跡 100
音無川 107

羽二重団子 112
道灌山 117
夕顔の花 123
八重桜 128
子規記念球場 134

第五章　葬送の道……142

望東と紅緑 142
赤紙仁王 149
大龍寺 154
桜 159

あとがきに代えて
山会と写生文 163
『ホトトギス』初出一覧 166

第一章　子規と興津

野菊

私は、ＪＲ興津《おきつ》駅の改札口を出ると国道一号線に向かって歩きはじめた。途中、八百屋の前を通ると菊の匂いがしたので立ち止まると、鉢植えの小菊が店の片隅に行儀よく並んでいた。段ボールの切れ端に黒いマジックで一鉢百五十円と書かれた値札がすぐに目に止まったが、用事を済ませてからと思い、先を急いだ。

今年は、正岡子規没後百年ということで、各地で記念行事が開催されたようであるが、ここ清水市（現静岡市）興津でも子規の命日である九月十九日に句碑が建てられたのであった。事前に静岡新聞の記事で情報を得ていたが、その日は仕事で参加することができなかった。ただ、興津は最寄りの草薙《くさなぎ》駅から二タ駅と近かったので、十月に入るとすぐに訪ねてみたのであった。

高浜虚子は、『柿二つ』の中で「興津問題」に一章を割《さ》いているが、病床の子規が興津移転を思い立ち、諦《あきら》めるまでの子規の心情を巧みに描いている。また、昭和二十八年には子規五十年忌雑記『子規について』を出版しているが、ここでも興津問題に触れ、「死所を選むといふことも亦《また》子規の念頭にあつたことと思ふ」と書いている。

私は、子規の興津移転がもし実現していれば、興津はもっと有名になっていたのではないか、などと考えながら国道一号線を西へ十分程歩いた。すでに清見寺《せいけんじ》の門前まで来ていたが、突然、境内を通るJRの踏切が鳴り、私の乗った次の上り列車が通過するところであった。

東海道線が静岡まで単線開通したのは明治二十二年のことで、この時、興津駅が開業している。また、この年に皇太子（大正天皇）が清見寺に滞在され、興津の海（清見潟《きよみがた》）で海水浴を楽しまれたことから興津は全国的に有名になった。と記録にはあるが、病床の子規も恐らく明治時代の憧《あこが》れの地としての興津のイメージを脳裡《のうり》に描いていたのであろう。

私は、しばらく清見寺前に建てられた興津の歴史などが書かれたモニュメントの文字を目で追いながら、ペットボトルのミネラルウォーターを半分程飲み干した。そして、そのまま国道を横切ると子規の句碑のある清見潟公園に向かった。

子規の句碑は、清見寺から南へ百メートル程の所にあったが、それは公園の東の端に位置していた。句碑といっても三センチ程の厚さの板に白地で彫った簡素なもので、地上から二メートル程の所に小さな屋根のついた、まるで立て看板を思わせるものであった。

　　月の秋興津の借家尋ねけり

句碑となったこの作品は、明治三十三年、すなわち子規の亡くなる二年前に病床で作られたものである。だから、興津の借家を訪ねたのは子規ではなかった。実際に訪ねたのは弟子の加藤雪腸《せっちょう》や河東碧梧桐《へきごとう》であったが、碧梧桐は後に『子規の回想』の中で、興津移転を発案したのは、伊藤左千夫らの歌仲間であったことや、子規が興津に碧梧桐を派遣して、寓居《ぐうきょ》の間取りまで調査をさせたと書き残している。

清見潟公園の句碑　月の秋興津の借家尋ねけり

明治三十三年の子規の書簡に目を通すと、度々興津の文字が出てくるが、九月二十四日、叔父大原恒徳宛ての手紙には、「若《も》し行くならば松川とかいふ医者の内の病室が一番適当ならん」と具体的な移転先に触れ、碧梧桐が調べたと思われる松川医院内の見取図が添えられている。

私は、光沢のある茶色の板に刻まれた白い文字を目で追いながら、子規が興津の地名の入った俳句を残してくれたことに感謝した。そして、この句碑を建てた関係者に敬意を表した。

句碑を要《かなめ》とした花壇が左右に広がり、移殖して間もない五十株程が秋の強い日に萎《な》えかけていた。それでもその中の数株は、淡い紫の花をつけたまま地に影を落としていた。花の横にはベニヤ板を小さく切った立て札があり、「この数本は子規の故郷松山の野菊です」とマジックで書かれてあった。

子規の『仰臥漫録《ぎょうがまんろく》』明治三十四年十月廿八日のところに、「午後左千夫来ル　丈ノ低キ野菊ノ類ヲ横鉢ニ栽ヱタルヲ携ヘ来ル」とあるが、病床で興津の野菊に思いを馳せた子規を偲ぶには、何よりのものと思われた。

私はリュックからペットボトルを取り出すと、花をつけた二本の野菊に残りの水を全部かけてやった。


（平成十四年十月二十一日）

小菊

平成十四年九月十九日に没後百年を記念して建てられた正岡子規の句碑を訪ねたのは、野菊日和ともいえそうな晴れた日であった。

句碑へ向かう道の左右には花壇が造られ、五十株程の野菊が移植されていた。数株を残して花は散ってしまっていたが、子規を偲ぶには、咲き乱れているよりも印象が深いように思われた。

私は、句碑の近くに立てられた「正岡子規と興津」と題する案内板の文字を目で追いながら、しばらくその場に佇んだ。

月 の 秋 興 津 の 借 家 尋 ね け り

この句の借家がどこにあったのか、明治三十三年の子規の書簡から松川医院であることが判明していた。何年か前に一度、住宅地図で興津周辺を眺めてみたが、該当する家は見当たらず、せめて跡地の確認くらいはされているのであろうと思いながらも、その後調べもせずに忘れてしまっていた。

しかし、案内板に目を通すことで、借家が現在どこにあるのか、それがはっきりとしたのであった。そこには、「移転先として松川医院（現在の興津本町河村医院）の病室を…」とあり、河村医院ならば、ここに来る途中にあったことを覚えていた。

どうして松川医院が河村医院になったのであろうか、私はその事を知りたいと思い、急いで来た道を引き返した。

河村医院は、国道一号線沿いのバス停「興津不動前」のすぐ後ろにあった。バス停から玄関の方を見たが、人気《ひとけ》がなくあるいは休業のようにも思われた。私は、門を入るとすぐに玄関から中を覗いてみたが、やはり物音一つしなかった。恐る恐る戸を引きながら、

「ごめん下さい」

と声を掛けてみたが、返事はなかった。そして、今度は大きな声でもう一度、

「ごめん下さい」

と言ってみた。すると、診察室と思われる部屋の戸が開き、瘦身の老医が現れた。

「ちょっとお尋ねしたいことがありまして参りましたが、よろしいでしょうか」

「何でしょうか」

「実は、正岡子規のことを少し調べていまして」

「私は文学のことは分かりませんが、まあ、お上がり下さい」

河村医院　子規の時代は松川医院

「それでは失礼させていただきます」

　私はそのまま診察室に通されると、患者が座ると思われる円椅子《まる》を勧められた。

「実は、ここに来る前に清見潟公園に建てられた正岡子規の句碑を見てきたのですが、そこの案内板に松川医院がここにあったと書かれてありました。そのことについて、何かご存知《ぞんじ》でしたら教えていただきたいのですが」

「それは、大正元年頃だったと思いますが、私の父が松川医院を買い取って以来、河村医院になっているわけです」

「そういうことでしたか」

　診察室に通されたものの数分で用事が済んでしまった私は、他に聞くこともなく失礼する機会を窺《うかが》っていたが、その後も老医の思い出話は続き、ご子息が富士市ですでに開業していることや、自分がこの医院の最後の主であることなどを話してくれた。

診察室には大きなベッドが一つ置かれ、およそ最新式と思われるような医療機器は何もなかった。しかし、その空間には、私が子供の頃お世話になった村の診療所のような懐《なつ》かしさがあった。

「今日は大変参考になるお話を聞かせていただきまして、ありがとうございました」

「俳句のことは何も分かりませんが、お役に立てば何よりです」

老医は、三十分程私の相手をしてくれたが、開業医としての興津を熱く語ってくれた。

河村医院の門を出た私は、再び国道一号線を興津駅に向かって歩きはじめた。そして、駅前の八百屋の前まで来ると立ち止まり、来る時に見た小菊の鉢の前に立った。すると、

「いらっしゃいませ」

とすぐに御上《おかみ》さんから声が掛かった。

「一鉢百五十円は安いですね」

「ええ、これはお買い得ですよ」

「それじゃあ一つ、そこの紫のをもらっていきますか」

手渡された鉢の小菊は、紫色の花をたくさん付けていたが、子規を偲ぶには、野菊より確かな手応えのある色のようにも見えた。

「まあ、カミサンの土産《みやげ》には丁度《ちょうど》いいいか」

「やさしいご主人ですね」

「いやいや、ここに来た記念にと思いまして」

私はビニール袋に入った小菊の鉢をぶら下げながら、興津を後にした。

（平成十四年十一月二十四日）

（注）河村医院はその後閉院。老医の河村博氏も平成二十一年に逝去された。

野菊その後（一）

昨年九月十九日に正岡子規没後百年を記念して、清見潟公園に子規の句碑が建てられた。さっそく、その関連の写生文を『ホトトギス』平成十五年三月号と四月号に発表したところ、意外なところから反応があった。

四月三十日の夜、堀谷詠子《ほりやえいこ》さんという方から電話をいただいた。

「実は、須藤さんのお書きになった野菊と題する文章のことで、お礼を申し上げたいという人がおりまして、もしご迷惑でなければ、今晩お電話を差し上げてもよろしいでしょうか」

堀谷さんとは面識がなかったが、ホトトギスの誌友と聞いて、親しみを覚えた。

「あのような拙《つたな》い文章でお礼だなんて、何だか気恥ずかしいですが、よろしければどうぞとお伝え下さい」

私はそう言うと受話器を置いた。そして、三十分程すると再び電話が鳴った。

「田口と申しますが、この度は子規の句碑のことをホトトギスに取り上げていただきまして、ありがとうございました。発起人《ほっきにん》の一人としてお礼申し上げます」

私は、発起人の一人と聞いて、一度子規について話を聞かせてもらいたいと、とっさに思った。

「もしよろしければ、お会いしてお話を聞かせていただきたいのですが、田口さんのご都合のよろしい日はありますか」

「火曜と金曜の午前中でしたら、郷土史研究の仲間と市立中央図書館の活動室におりますが」

「それは丁度《ちょうど》よかったです。明後日（五月二日）の金曜日に別の要件で休暇をとっていますので、午前中でしたらお伺いできます」

旧清水市の中央図書館は、私の家から車で二十分程の所にあった。家を出る前に切り抜いておいた当時の新聞記事に目を通すと、確かに発起人の一人としてノンフィクション作家田口英爾《えいじ》氏の名を確認することができた。作家というプロフィールに果たして何を書かれている人なのか、私は子規のことと共に田口氏にも興味を持った。

約束の日、図書館の活動室を訪ねると中から二人の男性が出てきた。

「ここでは、落ち着いて話も出来ませんので、外の喫茶店に行きましょう」

声をかけてくれた田口さんは、丸顔で眼鏡の似合う老紳士であった。もう一人の男性は、清水郷土史研究会会長の山田さんという方で、やはり発起人の一人であった。近くの喫茶店に入った私達は、すぐに話が弾んだ。

「田口さんは、新聞記事によりますとノンフィクション作家ということですが、今は何をテーマに書かれておられるのですか」

私は一番聞きたかった質問を最初にした。

「実は、次郎長のことを主に書いているのです」

その言葉に頂戴《ちょうだい》した名刺を見ると、梅蔭寺《ばいいんじ》次郎長資料室代表とあった。

「あの、清水の次郎長ですか。いったい、次郎長と子規とどこで結びつくのでしょうか」

田口さんは、目を細めながら低音のよく響く声で語ってくれた。

「次郎長の養子に天田五郎、後の僧天田愚庵《ぐあん》ですが、この愚庵と子規に親交がありました。須藤さんのお持ちのその本の中にも出てきます」

田口さんの話に私は持参した高浜虚子著『柿二つ』を開いた。

御仏に供へあまりの柿十五
柿熟す愚庵に猿も弟子も無し
釣鐘の蔕《へた》のところが渋かりき

「なるほど、俳句にも愚庵の名前が出てきますね。『柿二つ』には何度か目を通しましたが、愚庵がまさか次郎長の養子だったことまでは知りませんでした」

「これらの俳句の柿は愚庵が贈ったもので、みな京都の産寧坂《さんねいざか》（三年坂）にあった愚庵の柿です。釣鐘という種類だったのですね」

私は田口さんの話を聞いて、子規と愚庵との接点が少し見えてきたような気がした。

「実は、その子規の贈った柿の木の苗木を移植する計画を今進めています」

それまで二人の話を頷《うなず》きながら聞いていた山田さんが、突然言った。私は驚きを隠せなかったが、何か楽しみが一つ増えたような心持ちになった。

「京都にまだ愚庵の柿の木が残っているのですか」

「いえ、もう京都にはありませんが、愚庵の故郷、福島県いわき市にあります。そこの愚庵会のメンバーが京都の陶器を商う六々堂から柿の実を譲り受けまして、今その苗が何本か育っているそうです」

「なるほど、それを譲り受けるわけですね」

「詳細な場所はまだ決まっていませんが、日本平にしようと考えています」

「それは楽しみですね。その時は山田さん、是非《ぜひ》お声を掛けて下さい。また田口さんには、ご都合のよろしい時に愚庵の話をもう少し詳しくお聞かせ願いたいのですが、よろしいですか」

「もちろんです。今度は梅蔭寺の方にお出かけ下さい。須藤さんに見せたいものや差し上げたい資料が他にもありますので」

それまで三人だけだった小さな喫茶店に中年の女性客が四名加わり、中が急に賑《にぎ》やかになった。彼女達の声も大きかったが、夢中で話をしている我々の声の勢いが、彼女達を圧倒していたのは愉快《ゆかい》であった。

三十分程話したであろうか、私は二人に礼を言うと山田さんに教えていただいた柿の木の移植の予定地に車を走らせた。日本平はもう若葉の季節を迎えていた。

（平成十五年五月二十三日）

（注）虚子の『柿二つ』は現在、講談社文芸文庫で読むことができる。

野菊その後（二）

平成十五年五月三日、清水次郎長の墓のある梅蔭寺を訪ねると、この寺の二男に生まれ、現在は次郎長資料室の代表をされている田口さんが出迎えてくれた。

「昨日に引き続き今日もお邪魔して申し訳ありません」

「いえいえ、ご熱心ですね。ところで、須藤さんは次郎長の墓に詣《もう》でたことはありますか」

「いえ、まだございませんが」

「それではまず墓をご案内しましょう」

寺の広い駐車場に車を停め、参観順路に沿って行くと寺の売店があり、そこを抜けると目の前に「侠客《きょうかく》次郎長之墓」はあった。石松や大政《おおまさ》、小政《こまさ》など、子分達の墓も次郎長に従うように並んでいたが、次郎長の墓だけが一際《ひときわ》大きく薄緑色の自然石であることも印象的であった。

墓所は白い鉄柵で仕切られ、墓に直接触れることはできなかったが、賭《か》け事《ごと》の縁起《えんぎ》かつぎのためか、墓石の角が削り落とされ、持ち去られている現状を見ると仕方のない処置《しょち》と思われた。

「次郎長には子供がありませんでしたので、子分の大政が最初の養子になりました。しかし、明治十四年に大政が亡くなりましたので、その後、昨日お話しした後《のち》の愚庵、天田五郎が養子になったわけです。その五郎が山本鉄眉の名で著《あらわ》したのが『東海遊侠伝』です。この本のお蔭で次郎長の名が全国に広まりました」

「愚庵は、次郎長と同じ山本姓になったわけですね」

「そうです。ただ事情がありまして、結局養子であった期間は三年程でした。それでは、この先に愚庵の歌碑がありますので、ご案内しましょう」

次郎長の銅像を見ながら池の辺を田口さんの後について行くと、長方形の石版に黒字で彫られた小さな歌碑の前に出た。

天田愚庵詠

ふじがねにのぼりて四方の国みるも

まづふるさとの空をたづねて

光泰書

「次郎長没後百年を記念しまして、平成五年に建てたものです。子規に万葉集を薦《すす》めたのが愚庵で、それから子規は短歌を本格的に勉強したと言われています」

「大分《だいぶ》、愚庵と子規の関係が見えてきましたね。これも田口さんたちが、興津に子規の句碑を建ててくれたお蔭です」

「でも、須藤さんのように褒《ほ》めてくれる人ばかりではないのです」

明るく弾んでいた田口さんの声が心なしか暗くなった。

「須藤さんもご承知にように、興津と子規を結びつけたものは野菊でした。虚子も『柿二つ』の中で触れていますし、序に少しも虚構を加えず、事実そのままを写生したと書いています。ところが、地元のある文学者が、虚子の『柿二つ』は創作で野菊は野菜《やさい》の誤読だと言うのです。だから、野菊にかこつけて興津に子規の句碑なんか建てるのは、けしからんというわけです。その方から早く目を覚ませと批判の手紙を二通もらっています」

「そんな話、はじめて聞きました。野菊が野菜の誤読とはどういうことですか」

故 田口英爾氏と次郎長の墓

私は、思わぬ話の展開に少し興奮した。

「講談社の子規全集はご存知ですね。第十九巻書簡二の明治三十三年九月五日の加藤孫平宛ての手紙、孫平は雪腸《せっちょう》のことですが、従来の文献では、最後の部分「興津ニハ野菊乏しく候や」と野菊になっていましたが、ここでは訂正されて野菜となっています。子規の自筆により野菊を野菜に訂正したとの解説がありますから、文字をもう一度調べ直したのでしょう」

私は、田口さんの話を聞いて、初めてそのような事件？があったことを知ったのであった。

「田口さんは子規の手紙の文字を確認されたのですか」

「ある人から自筆のコピーと思われるものをお送りいただきました。ただ、崩し字で読みにくいばかりか肝心《かんじん》な部分が薄れていました。それに、菊と菜は崩し字が似ているので、私にはどちらとも判断がつきませんでした。これがそのコピーです」

それは、私には読むことの困難な子規の手紙文字であった。

「専門家が調べて訂正したのでしょうから、きっと野菜と読めるのでしょう。でも、文字は崩し字でしかも病床ですよ。子規の意識の中ではやはり野菊と書こうとしたのではないでしょうか。ここで野菜が出てくるのは、いかにも唐突《とうとつ》に思えますね」

「私も同感です。しかし、純粋に文字だけに焦点を当てると野菊が野菜になってしまうわけです。もっとも私は、子規の身辺で子規を最期まで観察していた虚子の『柿二つ』を信じていますので、中傷《ちゅうしょう》や批判は無視していますが」

そこまで話すと田口さんの表情にも明るさが戻った。私達はベンチから立ち上がると、この寺から車で数分の所にある次郎長の生家に向かった。照りつける日差しはもう夏であった。

（平成十五年六月二十二日）

野菊その後（三）

私は、子規のことを調べるために五月六日の午後から休暇をとり、ＪＲ清水駅に来ていた。病床にあった子規は、興津を自らの死所と決め、いったんは移転を考えあれこれ算段したが、周囲の反対にも合い、実現することはなかった。そのことは、虚子著『柿二つ』の中の「興津問題」に詳しい。ただ、その子規もかつて江尻宿《えじりしゅく》（旧清水市）に一泊したことがあった。

明治二十三年六月二十四日に第一高等中学校の卒業試験を終えた子規は三並良《はじめ》、小川尚義を伴って七月一日の未明に新橋駅を出立している。この時、子規二十三歳、虚子が子規に書簡を送り文通が始まる前年のことであった。

子規一行が江尻の停車場に着いたのは、正午頃で外は雨脚が強く駅前には人力車が並んでいた。子規の旅行記「しゃくられの記」によると、江尻の停車場で子規らは車屋を呼び、どこかよい旅籠《はたご》に連れて行くように頼んでいる。

三人の車屋打ちよりて。こゝやよからんかしこやよからんと。終に大ひさしやとなん呼ぶ宿屋にさだめぬ。

実は、この旅行記に出てくる「大《おお》ひさし屋」が、現存することを次郎長の研究家・田口英爾さんに教えていただいたのであった。

住所は清水銀座一三の三〇、地図で確かめると清水駅から歩いて十分程の商店街の中にあった。私は地図を頼りに駅前の薄暑《はくしょ》を歩きはじめていた。

大ひさし屋に一泊した子規一行は、翌日人力車に乗って三保の松原まで足を伸ばしている。

あら不思議や。羽衣ならば衣なるべしと思ひしに。宮守の開くを見れば。寸にも足らぬ箱の中に。黒き毛の如きもの、。たゞわづか許り残りたり。これがまことの羽衣に候やらん。

神社の宝物館で子規の見た天女の羽衣は、黒き毛の如きもので、驚きを隠せなかったようだ。今でも清水駅から三保の松原まで、車で二十分程かかるのに、当時舗装もされていない道を人力車で行くには、一時間程走らなければならなかったであろう。そんなことを考えながらアーケードのある商店街を抜けて行くと、巴《ともえ》川に架かる橋の手前に出た。この周辺はもう清水銀座であった。

巴流《ぱる》通りと呼ばれる商店街に入り少し行くと、「ＳＳＫの缶詰」の看板がすぐ目に入ったが、旅館らしいものは見当たらなかった。もう少し先だろうと思い、その看板をまさに通り過ぎようとしたその時、目線の高さに「大ひさし屋」の看板が現れた。白地に黒字で書かれた文字はやや崩されていたが、はっきりと読み取ることができた。そして、正面の横書きの長い看板には「冷暖房完備　大ひさし屋旅館」とあった。冷暖房完備というのが、いかにも古めかしく見えたが、間口五メートル、奥行き三メートル程の空間には自転車が三台置かれ、果たして営業を続けているのかどうか、ちょっと疑わしく思われた。私はさっそく中に入ると、

「ごめん下さい」

と大きな声で呼んでみた。返事がなかったので再び呼んだが、やはり返事はなかった。それでも奥の方に人の気配がしたので、私は靴を脱いで廊下に足を置くと、

「はい！」

という声と共に、眼鏡をかけた痩身の老人が現れた。光沢のある緑色のシャツに折り目正しい黒のスラックス姿は、どこかお洒落《しゃれ》な雰囲気を醸《かも》し出していた。

「実は、正岡子規のことを少し調べております。もしや当時の宿帳でもあれば見せていただきたいと思いまして、お訪ねした次第です」

大ひさし屋旅館

「ああ、そのことでしたら私も去年知ったばかりで、ここに子規が泊まったことすら知りませんでした。先代の父からも何も聞いていませんし、文学の方面には暗いものですから」

「それでは、昔の宿帳などは残ってはいないのでしょうか」

「ええ、戦前なら残っていたかも知れませんが、昭和二十年の空襲でみな焼けてしまいましたので、古いものは何も残っていません」

「そうでしたか。ところで、ご主人が当主でいらっしゃいますか」

　私は何か張り詰めた空気を感じたので、話題を逸《そ》らしてみた。

「そうです。私で二十三代目になります。ここに大久し屋の由来がありますのでご覧《らん》下さい」

それは、私の立っていた左手の壁にあった。細長い額に入った由来は、墨のような黒さで書かれていたが、丁寧《ていねい》に書かれた文字は、私にも読むことができた。

「創業が今から約四百五十年前ですか、これは驚きました。徳川より前の時代ですね」

私が感心すると、当主の表情も幾分やわらいだ。そして、屋号の由来には次のようにあった。

屋号大久し屋は家康公が晩年駿府城に居た
頃当家に泊り旧家だと聞いて「大ぶ久しいのう」と
感嘆した事から名付けられたと伝えられる、
（中略）
東海道を上下する旅人がこの宿で顔を合わせ
「大変久し振りだなあ」と挨拶を交したから尚更
大久し屋と呼ばれるようになったとの説もある、

私はしばらく無言のまま由来を読み続けたが、最後の行まで来ると声を出して読んだ。「大久し屋第二十三代　寺尾久男」。目の前にいるその人であった。

その後も私達は、立ち話を続けたが、以前常連客であった商人も減る一方で部屋は閑散としているとのことであった。私はもしかしたらこの老人が最後の当主になるのではないかと思い、記念に写真を撮らせてもらった。そして、かつて子規の泊まった大ひさし屋という屋号を惜しみながら旅館を後にした。

（平成十五年七月二十日）

（注）大ひさし屋は、平成十九年に廃館。現在、跡地は「ＰＡＬＣＩＴＹ」（四階建ビル）になっている。
寺尾久男氏は平成二十二年に逝去された。

私の子規忌

平成十五年九月十九日は、正岡子規の百一回目の忌日であった。この日は、郷土史家の山田さんと次郎長の研究家の田口さんから「正岡子規句碑建立一周年の集い」に誘われていたので、休暇をとっていた。

家を出るまでにまだ一時間程余裕があったので、書斎に入ると私は江藤淳の『漱石とその時代〈第五部〉』（新潮選書）を読みはじめた。

平成十一年に妻の後を追うように自殺してしまった彼のニュースを聞いて以来、未完のライフワークとして遺されたこの作品に目を通してみたいと思っていたのであるが、その後、すっかり忘れてしまっていた。ところが、以前、田口さんにお会いした時、

「江藤淳に漱石の『硝子戸の中』と虚子の『柿二つ』を題材にした文章がありますが、虚子に軍配《ぐんばい》をあげていますね」

と教えてもらい、取り敢《あ》えず一冊だけでもと思い、買い求めて来たのであった。

虚子の『柿二つ』は、虚子自身が『俳句の五十年』で語っているように、朝日新聞の求めに応じてその新聞紙上に連載したものであった。内容は『柿二つ』の序にもあるように、「正

しく居士を書かうと思つて書いたもので、少しも虚構を加へずに事実其儘《そのまま》を写生した」というものである。

子規を語った資料としては、貴重なものであることは間違いないが、ではどうして漱石の『硝子戸の中』と比較する必要があるのか、私はそのことに興味を持った。

当時の朝日新聞には、東京朝日と大阪朝日とがあって、漱石はすでに朝日の正社員にして小説記者であった。『硝子戸の中』は、両新聞に連載されたが、『柿二つ』は東京朝日にだけ連載された。だから、この二つを比較できるのは、東京朝日ということになるが、どうやらその扱い方に秘密があるようだ。

『硝子戸の中』が、東西両「朝日新聞」に掲載されたのは、大正四年（一九一五）一月十三日からだが、「東京朝日」と「大阪朝日」とでは、掲載面もその処遇も歴然と異なっていた。

即ち「東京朝日」では、第六面トップに一月一日から連載されている高浜虚子の小説『柿二つ』のあとに、クッションになる記事中広告もない儘につづけて組み込まれ、表題の上にも横にもカットらしいカットもない。そして、『硝子戸の中』に対するこの扱いは、二月二十三日に第三十九回で連載が完結するまで一度も変わっていない。
これに対して、「大阪朝日」では「硝子戸の中」はほぼ一貫して第三面下段の政治・論説記事の押さえの位置を占め、一月二十五日付の紙面で一度だけ第六面下段に移されているほかは、同じ場所に不動の存在を示しつづけている。しかも、「大阪朝日」の『硝子戸の中』には、西洋館の硝子窓をかたどったハイカラなカットが表題の上を飾っていて、漱石の文章にふさわしい品格を添えている。

以上が本文の書き出しに当たる部分であるが、東京朝日においては明らかに『柿二つ』の後塵《こうじん》を拝する位置に『硝子戸の中』が組まれていたのであった。その後も漱石の心中を察しながら、江藤の筆は進むのであるが、次の言葉に出会い、私は思わずうれしくなった。

当の漱石自身が、明らかに文章の上で虚子に負けていたのである。二番手に落とされても、罫一本で軽くあしらわれても、到底文句のいえる筋合などではない。ある意味で『東京新聞』の漱石に対するこの処遇は、全く正確かつ正当だったともいえるのである。

私はこれまで俳句関係者以外の人が、客観的立場で虚子の『柿二つ』をこれ程までに評価した言葉を知らない。ましてや文豪漱石を相手に…。恐らく『柿二つ』は、虚子の小説の中でも最も優れたものの一つであろう、そう改めて思わせてくれる一文であった。

読みたいページがもう少し残っていたが、集いの時間に遅れるといけないので、私はいったん本を閉じた。

興津清見寺の潮音閣に到着したのは、十一時を少し過ぎていたが、山田さんも田口さんもすでに見えられていた。最終的には新聞記者を含め、十五名程が集まった。昼食を挟んで話は今年建立する二つ目の子規の句碑に及んだ。その話が大方《おおかた》済むと、今度は全員で歩いて数分の所にある子規の句碑を訪ねた。

月 の 秋 興 津 の 借 家 尋 ね け り

一年の歳月に句碑の板材（桜）の表面の塗装はすでに落ち、木肌が露《あら》わになっていたが、深く刻まれた白い文字に変化はなかった。句碑に向かって左右に造られた野菊の園は、小さな花を鏤《ちりば》めていたが、松山から移植した野菊はすでに花を了えていた。ただ、丈がすでに一メートルを超えるに至り、その成長の早さに驚かされた。

私は、野菊の花を見つめながら子規の言葉を思い出していた。「興津ニハ野菊乏しく候や」

「いいえノボさん、野菊はこうして少しずつ増えていますよ」
私は心の中でそう応えていた。

（平成十五年九月二十一日）

第二章　柿熟す

柿熟す

十一月に入るといつも俳句仲間のYさんから柿が届く。今年も遠州森町名産の次郎柿を食後のデザートに家族で味わうことができた。

柿を食べながらその日届いた手紙に目を通していると、山田さんからの封書があった。山田さんは、清水郷土史研究会の会長で、俳句にも興味を持たれている方であった。手紙にはまず、愚庵《ぐあん》と子規を偲ぶ句碑が「駿富《すんぷ》日本平の里」の駿月庵《すんげつあん》庭園内に完成したとあり、引き続き次の文が添えられていた。

十一月十三日には福島県いわき市で、天田愚庵没後百周年記念事業として公園内の愚庵いほりに、愚庵の銅像の除幕式が行われることになっております。この式典には田口氏、A社長と私の三人で出席する予定です。柿の木はこの事業が終った後に移植する手はずとなっております。

昨年は正岡子規没後百年であったが、来年の一月十七日は、子規の短歌革新に多大な影響を与えたとされる万葉調の歌人・愚庵和尚《おしょう》の没後百年にあたる。愚庵の故郷いわき市では、百年を待たずに記念事業が開催されるようであるが、山田さんの手紙からすると、静岡でも年内には、ささやかな行事が行われそうであった。

翌日、私は句碑を一目見ようと家から車で三十分程の所にある「駿富日本平の里」を訪ねてみた。清水日本平パークウェーのゲートをくぐり、少し行くとそこはもう目的地であった。

この里は山田さんの手紙に登場するA社長が手がけたもので、園内には古い農家住宅を改造した駿月庵や自然農園散策コース、日本庭園散策コースなど、農産物の購入や食事も楽しめるので、今では市民の休日の人気スポットになっているようだ。

下の駐車場に車を停め、高みにある駿月庵に向かって階段を上りながら、私は田口さんから聞いた愚庵の話を思い出していた。田口さんは、平成十五年七月に『清水次郎長と明治維新』（新人物往来社）を出版された次郎長の研究家であった。

「次郎長の生涯にとって、天田五郎との出会いほど大きな意味をもつ出来事は他にありません。第一に次郎長の一代記『東海遊俠伝』が彼の手によって生れたこと。第二に二人は短い期間とはいえ、起居《たちい》を共にし、親子の縁を結びました。後に禅僧愚庵となる天田五郎を抜きにして次郎長は語れません」

次郎長よりむしろ愚庵を熱く語る田口さんの声が今も耳に残っているが、天田五郎を次郎長に引き合わせたのは、あの無刀流の創始者、後に明治天皇の侍従《じじゅう》にもなった山岡鉄舟であった。田口さんの本では、鉄舟が次郎長に五郎を引き合わす場面を次のように紹介している。

「親方、この男は岩城平が落城した時、行方のわからなくなった親を探し回っている。一つ手を貸してやってくれないか」

天田五郎は、禅僧になる前の半生を戊辰《ぼしん》戦争で行方不明になった父母妹を探し求めて全国を遍歴《へんれき》するといった数奇《すうき》な運命の持ち主であった。次郎長の助力にもかかわらず、結局見つけることは叶わなかったが、やはり鉄舟から、

「今は早や外に向ってその跡を尋ねんより、内にかえってその人を見るに若《し》かざるべし」

と諭《さと》され、それがどうやら禅僧になるきっかけとなったようだ。

愚庵のことを考えながら階段を上りきると駿月庵に着いた。ここは一階が食事処、二階が

江尻歴史資料館になっていた。

私は、庵を右手に樹齢約二百五十年というモチの木を左手に見ながら日本庭園散策コースをしばらく進んだ。突然、夏蜜柑のような大粒の実をつけた低木が目に入った。そこは、無農薬栽培の試験ほ場であったが、ケヤキの板に刻印したと聞いていた句碑は、このデコポンという品種の蜜柑の背後にあった。柿の木でなかったことが幾分残念であったが、句碑の左手にはスペースがあり、きっとここに愚庵の柿の木が移植されるのであろう。

そして、四センチ程の厚みのケヤキ板に白字で刻印された句は、子規の次の作品であった。

柿熟す愚庵に
　猿も弟子もなし
　　　子規

この句は、愚庵が病床の子規に贈った「つりがね」という種類の柿への礼状に認《したた》められた三句中の一句であるが、作品の価値とは別に子規と愚庵を偲ぶには、よい句であると思った。

私は十一月中には、いわき市から移植されるであろう愚庵の柿の木にまみえる日を楽しみに散策コースをさらに先に進んだ。高台から望む駿河湾の夕日は、まるで熟した柿の色のようであった。

（平成十五年十一月二十三日）

柿熟す—その後

平成十五年十二月十五日、「駿富日本平の里」で天田愚庵没後百年を記念して、正岡子規の句碑除幕及び釣鐘の柿の移植披露《ひろう》があった。私も「愚庵と子規を偲ぶ会」の世話人の一人に加えられていたので、久しぶりに休暇をとって出かけてみた。

柿熟す愚庵に猿も弟子もなし　子規

この句碑が建立《こんりゅう》された駿月庵の庭園の高みからは、晴れていれば右手に駿河湾、やや左手には富士山を望むことができる。今日も冬晴れの空に富士山を捉《とら》えることができたが、狭くそう目立つ場所ではないので、一般の人が果たして気付いてくれるかどうか、少し心配であった。

しかし、この清水の地に憧れ、あるいは愛した二人を偲ぶには、人通りの少ないこの場所が最適のようにも思われた。

句碑の作品は子規の遺墨《いぼく》から採ったもので、崩し字で読みにくいものであった。数週間前にこの句碑の前に立った時に、案内板のようなものが欲しいと思ったが、本番ではその辺の手筈《てはず》も抜かりなく、すでに句碑の右側に設置されていた。

句碑と愚庵の柿　ー柿熟す愚庵に猿も弟子もなしー
右端 故田口英爾氏、右端より3人目 著者、右端より4人目 山田倢司氏、左端より3人目 堀谷詠子氏

愚庵の柿

幕末・明治の政治家、山岡鉄舟との縁で清水次郎長の養子となった天田五郎は鉄舟が師と仰ぐ、滴水禅師（京都天龍寺第七十八世管長）に教えを受け、出家し後に産寧坂に庵を結びます。天田愚庵と号し、多くの文人、歌人達に慕われました。

柿熟す愚庵に猿も弟子もなし　　子規

これは庵に実った柿を愚庵が贈った時に正岡子規が礼状に書き込んだうちの一句です。子規は柿にちなんだ句を数多く残しています。

現在、この柿の木は庵の移築とともに

愚庵の故郷いわき市に移殖されました。
そのうちの一本がいわき市小名浜在住の柳内守一様より「駿富日本平の里」に寄贈されました。

平成十五年十一月　吉日

句碑に気付いた人が、この案内板を読めば、これが正岡子規の俳句であることや、次郎長と愚庵、あるいは愚庵と子規に何らかの繋《つな》がりがあったことくらいは分かるのではないかと思われた。

この会の世話人の一人、山田さんの手紙には、簡単なお披露目《ひろめ》と書いてあったので、近傍に住む十名程の集まりかと思って来てみたのであるが、実際には県外からも総勢三十名程が集まり予想外の盛況であった。その中に看板にも登場する柳内守一《やないもりかず》氏の姿があった。

柳内さんは、『愚庵物語』の著書もある現在愚庵に最も詳しい研究家の一人であった。私は丁度いい機会だと思い、書店では購入することのできない『愚庵物語』を柳内さんに直接注文してみた。

「あれは、いわき商工会議所から愚庵没後百周年の記念事業の一つとして今年出したものですが、まだ残部があると思いますので、さっそく手配しましょう」

「ありがとうございます。ところで、あの柿の木は柳内さんが育てられたそうですが、よく柿の実が残っていましたね」

「愚庵の柿の木は、愚庵が住んでいた頃でも百年は経っている古木でした。京陶器を商う六々堂の玄関先に昭和六十三、四年くらいまで実をつけていたそうです。私は昭和五十九年の秋に柿の実を頂戴して磐城《いわき》に持ち帰り、種を蒔いてみたところ発芽しまして、今ではたくさんの実をつけています」

「それは幸運でした。もう少し遅かったら、絶えてしまっていたかも知れません」

「以前にも枝を持ち帰った人などがいたようですが、仮にどこかで根付いていても、今となっては確かめようがありません」

柳内さんから贈られた柿の木は、私の予想した句碑のすぐ左側のスペースに移植されていた。枝を払われ布で巻かれた幹は、三メートル程の高さに伸びていたが、幹の太さが六センチ程しかなく、支えがなければ風に倒されてしまいそうな弱々しいものであった。

私は背ばかりが高く、まだ余り筋肉の付いていない新人レスラーを応援するような心持ちでしばらく柿の木を見上げていたが、少し心配になったので柳内さんに声を掛けてみた。

「来年の秋には実を付けるでしょうか」

　柳内さんは、ちょっと困ったような表情をされたが、

「いくつか生《な》るかも知れません」

と硬い表情のまま返事をされた。

　私はまた若葉の頃、少し肉付きのよくなった愚庵の柿の木を見に来ようと思った。

（平成十五年十二月二十一日）

柿熟す―柿再び

「愚庵と子規を語り継ぐ会」の理事の一人であるAさんが経営されている「駿富日本平の里」は、旧清水市の日本平パークウェーのゲートをくぐり、少し行ったところにあった。ここの駿月庵では食事が楽しめるので、私は妻と息子達を連れて、久しぶりに来ていた。

晴れていれば富士山と駿河湾が見渡せる場所まで、ここから歩いて一分と掛からなかったので、食事を注文すると私達はいったん外に出て歩きはじめた。

東海道五十三次の一つである興津の清見潟公園に正岡子規の句碑「月の秋興津の借家尋ねけり」が建立されてから今年の九月で二年になる。最初、句碑建立のことが静岡新聞に載った時、いったいどのような人達が建てたのか興味を持った。

現地は、私の家からもそう遠くはなかったので、さっそく句碑を訪ね、その時のことを『ホトトギス』誌上に写生文として発表したのであった。

結局、そのことが縁となり、清水次郎長の研究家・田口英爾《えいじ》さんや郷土史家の山田倢司《しょうじ》さんなどとの交遊がはじまり、愚庵と子規について学ぶことができたのであった。

高台に着くと、私は家族に二つの木製の句碑を見せた。一つは、昨年十二月十五日に除幕された「柿熟す愚庵に猿も弟子もなし」の句碑。もう一つは、今年四月二十九日に除幕された「御仏に供へあまりの柿十五」と「つりがねの蔕《へた》のところが渋かりき」の二句を横長のケヤキの板に刻んだ句碑である。

駿月庵庭園の句碑
－御仏に供へあまりの柿十五－
－つりがねの蔕のところが渋かりき－
一枚のケヤキの板に二句刻んだ。右端に布で巻かれた愚庵の柿の幹が見える

　三句とも子規が愚庵から贈られた柿（つりがね）に対する礼状に添えられたものであるが、諂《へつら》わず飾らない子規らしい贈答句であった。三句とも『子規遺墨』から採ったもので、私には達筆すぎて読みにくかったが、横長の板の最後に楷書体の句が添えられていたので、私はそれを見ながら三人に読んで聞かせた。

　また、柿熟すの句碑の裏側には世話人の名前が刻まれていたが、その中に私の名前もあった。私は、中学二年の長男と小学六年の次男を呼んで句碑の裏側を見せた。そして、

「お父さんが死んだら、こんなことをしていた

と思い出してくれよ」

と、一言付け加えておいた。

　また、愚庵のことをまったく知らない妻には、子規と愚庵のことについて、資料を見ながら少し話してやった。

　子規は、陸羯南《くがかつなん》の新聞『日本』に明治二十九年四月二十一日から同年十二月三十一日まで「松蘿玉液《しょうらぎょくえき》」を升《のぼる》の著名で三十二回にわたり断続的に掲載した。この中に子規が虚子を伴って京都産寧坂《さんねいざか》の愚庵を訪ねた時のことが出てくる。この時、数え年で愚庵三十九歳、子規二十六歳、虚子は京都第三高等中学校の学生になったばかりの十九歳であった。

　最初に訪ねたのは、明治二十五年十一月十一日、子規が松山から上京する母と妹を神戸港に迎えに行く途中であったが、この時は留守《るす》で会うことができなかった。そして、十一月十五日、今度は母と妹を連れて東京に帰る途中、虚子を伴って再び訪ねたのであった。

　愚庵は、喜んで二人を迎え、子規の手土産の柚《ゆず》味噌をなめながら、三人は夜遅くまで語り合った。その時の愚庵の容貌を子規は、「高き鼻長き眉、羅漢をうつしたらんが如き秀でたる容顔」と記している。

　その後も愚庵が東遊のついでに子規庵を訪ねるなど、交遊が続くことになるが、愚庵と子規は共に新聞『日本』によって有名になった。ただ、大正・昭和と子規の名が国民的レベルで認知されて行ったのに対し、愚庵の名を知る者は、一部の研究家を除いては限られていた。そんな対照的な二人を語り継いで行こうとする仲間に加えてもらったことは、私自身、二人を知る上でとても有意義であった。

そして、遂に昨年十一月、いわき市小名浜の柳内守一氏から愚庵の柿の木が贈られ、日本平のこの場所に移植されたのであった。私はそのお披露目式の時に、来賓《らいひん》で来られた柳内さんに、

「来年は実をつけるでしょうか」

と、この場で尋ねたことを思い出していた。時折り駿河湾の涼風が柿の葉に触れては通り過ぎて行ったが、その時、

「末永く楽しみにお待ち下さい」

と、風の声ともなく柳内さんの声が聞こえたような気がした。

妻と息子達は句碑を見ると駿月庵に戻ってしまったが、私は柿の木を見守るようにしばらくその場に佇んでいた。

（平成十六年九月十九日）

柿

十一月になると我が家の仏壇にはいつも柿と林檎が絶えない。私が柿を、そして妻が林檎を、お互い好きな果物を供えるからである。

同居していた義父と義母が、柿や林檎を好んで食べたという記憶は私にはないが、仏様はお供え物ならば何でも喜んでくれると思うことにしている。

私は毎日夕食後に柿を一つ頂戴するので、仏壇の柿は一週間と持たないのであるが、またすぐに買い足すので、しばらく柿が絶えることはないのである。

私の好きな柿は静岡県産の次郎柿であるが、この頃になると値段も一個百円程度に落ち着き買いやすくなる。また、店に並ぶ柿の種類も増えてくるので、時々別の柿を供えることもある。今年はすでに次郎柿に形の似ているおけさ柿や紀の川柿、それに大ぶりの富士柿などを食べたが、やはり毎日ともなると次郎柿が一番である。理由は余りはっきりとは言えないが、多分、適度な甘みと歯応えが気に入っているのであろう。私は今宵もまた慣れた手つきで柿の皮を剥《む》きはじめていた。

私は昭和三十一年四月二十一日、群馬県勢多《せた》郡《ぐん》粕川村《かすかわむら》大字《おおあざ》膳《ぜん》（現、前橋市）に生まれた。

家の裏庭には柿の木があったが、当時はまだ農家が多かったので、大概《たいがい》の家の庭には柿の木があったように思う。

家の柿は残念ながら渋柿であったが、祖母が樽柿にしたり干柿をこしらえてくれたことを思い出す。

庭の木では、栗と柿が十分な大きさに育っていたので、よく木登りをして遊んだ。柿の木に登っているとよく祖母や母に叱られたが、掴《つか》んだ枝が折れてそのまま地面に叩き付けられる日まで、やめなかったように思う。背中から落ちたのでしばらく息が出来なかった記憶がある。

ただ、俳句歴三十数年の今ともなると柿と結びつくのは、やはり正岡子規のことである。子規は柿ばかりでなく果物なら何でも好きなようであったが、一度に食べる数が半端《はんぱ》でなかった。

子供の頃はいうまでもなく書生時代になっても果物は好きであったから、二ケ月の学費が手に入って牛肉を食いに行たあとでは、いつでも果物を買うて来て食うのが例であった。大きな梨ならば六つか七つ、樽柿ならば七つか八つ、蜜柑ならば十五か二十位食うのが常習で

子規庵の庭の柿　柿の木の左は寒川鼠骨の句碑

あった。

これは、岩波文庫の『飯待つ間』の「くだもの」に出てくる一節である。私も蜜柑ならば一度に十個くらい食べたことはあるが、子規には到底及ぶべくもない。

今年は東京根岸の子規庵を何度か訪ねる機会があった。子規は明治二十七年二月から亡くなる明治三十五年九月十九日まで、八年以上をここで過ごした。

子規は松山から東京に発行を移した「ほと、ぎす」第二巻第一号(明治三十一年十月号)に「小園の記」を書いている。小園とは子規庵の二十坪程の庭のことであるが、文章の他に木や草花を俳句で詠んだ庭の図が添えられていた。数にして二十句、例えば次のような…。

椎の実を拾ひに来るや隣の子

邪魔になる松を伐らばや草の花

鶏頭や不折がくれし葉鶏頭

そして、この中に柿の木やその実を詠んだ句はない。恐らく明治三十一年当時の子規庵の庭に、柿の木はなかったのではないだろうか。もしあれば柿好きの子規が見逃す筈もなく、随筆でも絵でもよき材料として使ったに違いない。

そんなことを考えながら、狭い子規庵の庭を歩いていると、寒川鼠骨《さむかわそこつ》の句碑の前に出た。ふと句碑の右手を見ると、幹の太さが三センチ程で高さが二メートルにはまだ届きそうもない葉に光沢のある木が目に入った。「柿かなあ…」と首を傾げながら見ていると、葉の暗がりの中に小さな札がぶら下がっているのに気付いた。手を伸ばしてつまんでみると、そこには黒い字で「柿」とあった。

現在の子規庵は昭和二十六年に再建されたもので、昭和二十年四月の戦災で庵も庭の植物もみな消失してしまっていた。よって、この柿の木もそれ以降に植えられたものであることは確かである。

「すみません。この柿はいつ頃からここにありますか」

私は少し離れた場所で材木を鋸《のこぎり》で切っていた老人に声を掛けた。

「ああ、その柿ね。それはまだ六年くらいかな」

「それではまだ実は生りませんね」

「ええ、まだ生りません。あと二年お待ち下さい」

「桃栗三年、柿八年ですね。どこから持ってこられましたか」

「その柿は二世でして、元々ここには古い柿の木がありましたが、枯れてしまいました。その折れた幹の下の方からこれが生えてきたのです」

鋸の手を休めて語り始めた老人は、いつの間にか私の横に来ていた。

「柿の実はどんな形を…横長ですか、それとも縦長でしたか」

「そうですねえ。どちらかと言えば縦長の柿だったと思います」

「次郎柿のように平べったい柿ではなかったということですね」

「今度実が生ったら詳しい者に聞いておきます」

「柿の種類が分かりましたら、もう少し大きな札に書いて、目立つ所にぶら下げていただくと助かります」

「そういたしましょう」

「子規に―つりがねの蔕のところが渋かりき―という句がありますが、もしやその釣鐘ではないかと思いまして、聞いてみた次第です」

「そうでしたか。私も子規庵保存会に長くいますが、柿の種類までは思いが及びませんでした」

「今後は柿の実を楽しみに毎年来させていただきます」

私は今年訪ねた子規庵の一齣《ひとこま》を思い出しながら、皮を剥き了えた柿をかじった。


（平成二十六年十一月三十日）

愚庵の柿

静岡市内にある「駿富日本平の里」に正岡子規の句碑建立と愚庵の柿の木を移殖してからすでに十年が過ぎた。私自身も「愚庵と子規を語り継ぐ会」のメンバーとして平成十七年一月十六日に「柿熟す」と題した講演をさせていただいたのを最後に、会の活動からは遠ざかってしまっていた。

何か行事のようなものがあれば、幹事から連絡がくる筈だったが、結局それもなかった。ただ、その後何度か子規の句碑と愚庵の柿を見てみたいと思い、日本平の里を訪ねてみたことはあったが、門が閉ざされたままで中に入ることはできなかった。

何か事情があるのかも知れないと思い、仲間の何人かに聞いてみたが、その後の事はよく分からないとのことであった。

そこで、同じ会のメンバーで私とは同門の俳人・堀谷詠子さんを誘って再び現地を訪ねてみた。すると門の近くに掲げられた看板の名称が「駿富日本平の里」から「フリースクール元気学園」に変わっていることに気付いた。

「詠子さん、元気学園をご存知ですか」

「いえ、はじめて聞く名です」

「人はいないようですが、門が閉まっていますので中には入れませんね」

「残念ですが仕方ありません。何人か心当たりがありますので連絡を取って確かめてみたいと思います」

「それでは、詠子さんは人海戦術で私はインターネットで調べてみることにしましょう」

京都清水寺にほど近い産寧坂（三年坂）に庵を結んだ禅僧で歌人の天田愚庵を子規が訪ねたのは、明治二十五年十一月十一日のことであった。この時は留守で会えなかったのであるが、今度は京都にいた虚子を伴って十一月十五日に再び訪ねた。そして遂にこの日、憧れの愚庵に会うことが叶《かな》ったのであった。

その後、愚庵と子規の交遊が始まり、庭にあった柿の実を愚庵が子規に贈った。その礼状（明治三十年十月二十八日）に添えられたものが次の三句で、「駿富日本平の里」の高台に建てられた二つの句碑も手紙の文字を拡大してケヤキの厚い板に彫ったものであった。

御仏に供へあまりの柿十五
柿熟す愚庵に猿も弟子もなし
つりがねの蔕のところが渋かりき

まず、愚庵と静岡との関係について簡単に述べてみよう。愚庵がまだ天田五郎の時代にかの有名な清水次郎長の養子となったことに始まる。そして、文才のあった五郎は次郎長をモデルに『東海遊侠伝』を著し、次郎長の名を天下に轟《とどろ》かせたのであった。

また、日本平の里に移殖した柿の木は、愚庵の故郷いわき市在住の愚庵研究家・柳内守一氏の寄贈で、実際、愚庵の柿は京陶器を商う六々堂の庭に昭和六十三、四年まで実を付けていたそうである。その実の種から育てられたうちの一本がこの柿であった。

そして、子規と静岡の関係は、虚子の小説『柿二つ』の「興津問題」に詳しい。そこには、病床の子規が東京の根岸から静岡県の興津に引っ越そうとして断念するまでのことが克明に記されている。特に平成十四年は子規没後百年ということで、各地で記念行事が開催されたが、静岡県でも興津清見寺近くの公園の一隅に子規の句碑が建立されたのであった。

月の秋興津の借家尋ねけり　子規

十年も前のことを思い出しながら私はパソコンの画面をインターネットに接続した。元気学園の住所や電話番号はすぐに分かったが、それとは別に次のような内容の記事を見つけることができた。

P産業㈱（A社長）は平成十八年六月二十六日、静岡地裁に民事再生手続開始を申し立てた。中立代理人はH弁護士。負債は約〜億円。

私はこの記事を見て、予感していたことが現実に起きたことを確信したのであった。P産業㈱（A社長）とは、まぎれもなく「駿富日本平の里」の経営者であり、文化活動にも熱心に取り組まれたリーダー的な存在であった。

私はさっそく調べた結果を詠子さんに連絡すると、落胆されている様子が電話の声から伝わってきた。

「Aさんからはもう事情が聞けないと思いますので、元気学園の方に連絡を取ってみます。また、新しい情報が入りましたら連絡します」

「それでは、後《あと》はお任せしますのでよろしくお願いします」

元気学園の清水理事長とお会いしたのは、十一月二十八日のことであった。

「今日はご無理なお願いをして申し訳ありません」

「子規の句碑と愚庵の柿が無事かどうか、心配なさっていたようですが、電話でもお話ししましたが、句碑の方は私がここに入る前に持ち出されておりまして、現在行方不明です。ただ、柿の木は今のところ無事に育っております」

「句碑はＡさんが持ち出されたのでしょうか」

「Ａさんには私もいろいろ聞きたいことがあるのですが、今は本人と連絡が取れず、はっきりしないのです。今のところ誰かが持ち去ったとしか言いようがありません」

「一般の方が持ち出しても余り価値のあるものではありませんので、やはり関係者の人かも知れませんね」

「それでは現地をご案内しましょう。一応ブルーシートで崩壊した斜面は全部覆ってありますが、足許が悪いのでお気をつけ下さい」

十月六日、台風十八号の影響でＪＲ興津《おきつ》駅と由比《ゆい》駅の間で土砂崩れが発生し上下線を塞《ふさ》いでしまったが、ここでも台風の影響で、柿の木を植えた高台の斜面が全域にわたり崩壊してしまったのであった。

「今後どのような工事をすればよいか、検討をしているところですが、工事費等で頭を悩ませています」

「句碑を高台に建立した当時からその心配はありましたが、現実に崩れた斜面をこうして見ると残念です」

句碑建立当時は、高い柵で仕切られていたので、ほとんど危険を感じなかったが、今は柵もなく足を踏み外せば二十メートル以上あると思われる崖下に転落してしまう恐れがあった。それでも柿の木は、崖っぷちから二メートル程奥に止《とど》まり、崩落を免れたのであった。

「十年も経つと随分と成長するものですね」

柿の木はすでに葉をすべて落としてしまっていたが、私は幹を撫《な》でながら無事であったことに感謝した。

「ところで柿の実はもう生りましたか」

「私はまだ見ていませんが、この庭の責任者から聞いた話によると確かに実を付けているそうです。ただ、落ちてしまったり鳥に食われたりで収穫はしていません。この柿の文化的価値は須藤さんからお聞きしましたので大切にしたいと思います。是非またお出掛け下さい」

「清水先生が、生徒のようにこの柿を守って下されば私も安心です。さっそく仲間にも今日のことを伝えておきましょう」

私は今にも降り出しそうな空を見上げながら、幾分安堵《あんど》した心持ちで柿の木を後にした。

(平成二十六年十二月二十日)

崩落を免れた愚庵の柿　かつては駿月庵の庭園があった

第三章　遠州三吟

雨月

平成十九年九月三十日、第二十五回東海ホトトギス大会が、浜松市弁天島の開春楼《かいしゅんろう》で開催された。私は幹事を任されていたので、会場を開春楼に決定してからというもの、大会前に打ち合わせ等で何度か弁天島を訪ねる機会があった。

開春楼の横には弁天神社があり、何やらの姫様が祀《まつ》られていた。「神社にしては、やけに狭いなあ」と思いながら国道側から覗き込むと石碑が目に入った。と同時に、「弁天島と天女」と題する文字の鮮明な案内板があることに気付いた。ざっと目を通すと最後の二行に「なお、境内には浜名湖弁天島を詠んだ正岡子規、茅原崋山、松島十湖の文学碑があります」とあった。

ここに子規の句碑があることは、観光案内か何かの冊子で読んだ記憶はあったが、調べる価値のあるものとは全く考えていなかった。しかし、せっかく大会会場の横に子規の句碑があるのだから、このことを参加者に紹介しておくのも無駄にはならないであろう。そう思った私は、さっそく境内に入ってみた。

四本の大きな松が、狭い神社の空の多くの部分を占めていたが、子規の句碑は、敷地の隅の日当たりの良い場所にあった。ひと目で「これは、相当古いな」と感じたが、それは土台を含めると高さが二メートル程ある比較的大きな句碑であった。刻まれた文字も遠くからは判らなかったが、接近して見ると何とか読むことができた。

天の川濱名の橋の十文字　子規

引き続き句碑の裏を見ると、そこにも文字が彫られてあった。しかし、それは漢文で「これではとてもしょうがない」といったんは諦《あきら》めたが、それでも一字一字丁寧《ていねい》に追ってみると、おおよその意味を掴《つか》むことができた。一つは、大正十四年七月五日の日付があること。二つ目は、全国から句碑建立の寄付を集めたこと。三つ目は、句碑の文字は故人、すなわち子規の遺墨を拡大して彫ったものであること。そして、最後に句碑建立者として浜松曠野社同人とあった。

私は、靴先で句碑の周辺の土を突ついてみたが、さらさらとこぼれ落ちるばかりであった。土台の浮き上がりそうな砂上の句碑であったが、大正時代のものとしては、保存状態が良い方であると思えた。

私は、大正十四年前後の俳誌『ホトトギス』を調べてみれば、何か分かるかも知れないと思い、家に帰るとさっそく本棚を漁《あさ》ってみた。すると、大正十四年六月号と八月号に関連記事のあることが分かった。

子規居士の遠州にて詠じたる句にて「寒山落木」中に在る居木《ママ》（遺墨？）の肉筆を拡大せるものを石に彫り遠州の三個所に建立せんと計画を立て、左の通りの規定にて目下進行しつゝあり。

弁天神社の句碑
ー天の川濱名の橋の十文字ー

六月号の記事は、この様に句碑建立の予告であって寄付の募集を兼ねたものであった。この記事で最も気になったのは、「遠州の三個所」のところで、弁天島以外にも子規句碑建立計画が、この時点であったことに、私は俄《にわ》かに興味を覚えた。さらに記事の最後には具体的な計画が記されてあった。

一、建設順は弁天島「天の川濱名の橋の十文字」。三方原追分村社「馬通る三方が原や時鳥」袋井駅付近「冬枯の中に家居や村一つ」の順序。

濱松市野口百五十六番地
曠　野　社　事　務　所

そして、八月号の関連記事は「子規句碑除幕式参列の記」と題するもので、高浜虚子が書いたものであった。この記事から分かったことは、句碑裏の日付、大正十四年七月五日が虚子の参列した除幕式の日であること。句碑除幕式の記念撮影を行ったこと。楽園という名の掛茶屋の様な所で浜名湖を眺めながら句会をしたこと。丸文旅館で晩餐《ばんさん》会を開催したこと。虚子を招いたのは、加藤雪腸《せっちょう》を中心とする曠野《あらの》社であること等である。特に次の記述から、この句碑建立を契機《けいき》に、雪腸を中心とする浜松俳句会を曠野社と改名したことなどが新たに分かった。

午後七時丸文旅館の広間にて晩餐会。出席者三十一名。雪腸君起つて今後濱松俳句会を曠野社と名づくべく幹事に磊石及羽公を推す旨を述ぶ。八時半閉会。

文中の幹事とは、記事中の参加者名簿によると竹田磊石《らいせき》と百合山羽公《うこう》のことである。私はこの二つの記事のことを、東海ホトトギス大会の時に簡単に紹介したいと思ったが、文中の丸文旅館がどこにあって、今はどうなっているのか、別の興味を持った。

前日句会の夜は、臥待月《ふしまち》であったが、雨のため浜名湖に昇る月を見ることはできなかった。翌日は漁船による浜名湖周遊を計画していたので天気が心配されたが、午前中は雨もいったん上がり、何とか計画を実行することができた。三十分に満たない短い浜名湖巡りであったが、七、八名で乗る小船はよく揺れ、船から落ちるのを心配して、乗るのをためらった人達もいた。

私は、「落ちれば歩いて岸まで帰ればよい」と怖がっている婦人達に無責任なことを言ってみたが、実際船を走らせている浜名湖の水深は、一メートルにも満たない遠浅であった。

下船して今にも降り出しそうな空を仰ぐとマンションの屋上の四角い大きな看板が目に入った。そこにはローマ字で「MARUBUN」とあり、横から見ると漢字で「丸文」とあった。

「これが、かつての丸文旅館か」としばらく看板を見上げていたが、開春楼に戻ると女将《おかみ》にそのことを確かめてみた。

「さようでございます。老舗《しにせ》の旅館でしたが、ずっと以前にやめられました」

私はその言葉を聞いて、今は亡きホトトギスの誌友であった鈴木貞子さんの句集出版のお祝いをした湖岸荘や平成七年に野分会の夏行《げぎょう》で使った浜名荘もすでにないことを寂しく思い出していた。

私は大会の司会も兼ねていたので、時間を見計らって弁天神社の子規の句碑のことを簡単に紹介した。特に、大正時代に建立されたことに驚かれた方も結構いたようであった。

大会終了後は、地元の熱心なホトトギスの誌友、伊藤芳子さんの計らいで浜松駅近くの地ビール工房マイン・シュロスで若手を中心に慰労会を開催した。もちろん、ホトトギス副主宰の稲畑廣太郎氏にも加わってもらった。

慰労会も二時間程で御開きになったが、外に出るとまた小雨が降り出していた。私は雨月の空を仰ぎながら傘を差すと、子規の残した遠州三吟のその後を確かめてみたいと強く思った。


（平成二十年二月十七日）

村一つ（一）

『ホトトギス』大正十四年六月号に、静岡県遠州地方の三個所に子規の句碑を建立する計画の記事が掲載された。それは、子規を師と仰ぐ加藤雪腸《せっちょう》を中心とする曠野《あらの》社が中心となったものであった。

記事には具体的な子規の作品と建設予定順序が記されていた。一基目は弁天島に「天の川濱名の橋の十文字」の句を、二基目は三方原追分村社に「馬通る三方が原や時鳥」の句を、三基目は袋井《ふくろい》駅付近に「冬枯の中に家居や村一つ」の句を、建立する計画であった。

それぞれの作句年代を調べてみると、天の川と時鳥の句が明治二十八年、冬枯の句が明治二十二年であった。

弁天島の句碑は計画通り、大正十四年七月五日に高浜虚子を招いて除幕式が開催されたが、他の二つの計画がその後どうなったのか、興味を覚えた。先ず、その後十年程のホトトギスを調べてみたが、関連記事を見出すことはできなかった。

次にインターネットであれこれ検索してみたら、袋井駅前に冬枯の句があることが判った。句碑の解説の中に「昭和三十二年に地元の短歌俳句クラブ八雲会の手によって当時の袋井駅

袋井駅前の句碑　冬枯の中に家居や村一つ

前の情景を今に伝える歌として駅前に句碑が立てられました」とあった。歌と俳句の混同は愛嬌《あいきょう》として、私が一番気になったのはその年代であった。

「大正十四年に計画されていたものが、何故《なぜ》昭和三十二年なのか」

　私はさっそく掲載元である袋井市教育委員会に問い合わせてみた。

「申し訳ございません。何故かと聞かれましても専門家ではありませんので…。もしよろしければ、袋井駅前の五太夫《ごだゆう》きくやのご主人に聞いていただけますか」

「何屋さんですか」

　私は、初めて耳にする名前だったので聞き返した。

「和菓子屋さんですが、袋井市の観光協会の役員をされています。句碑についても結構詳しい方です」

「それでは、さっそく訪ねさせていただきます」

袋井駅は、ＪＲ東海道線にあるが、静岡駅から西へ約一時間、浜松駅からなら東へ約二十分の所にあった。

かつて、何度か降り立った記憶のある駅であったが、子規の句碑があることには気付かなかった。改札口を出ると右手方向に一際高いマキの木が目に入ったので、一先《ひとま》ずそこに行ってみることにした。マキの木の横に句碑があることに気付くまでに、そう時間を要しなかったが、視線はすでにその先にある「御菓子所」を捉えていた。

「昭和三十二年に建てられた句碑にしては、随分新しいな」

そう思いながら私は、誰もいない句碑の前に立った。

「こんなモダンな子規の句碑は今まで見たことがない」

とも同時に思った。それは、俳句の他に子規の横顔をモチーフとした丸い銅版が嵌《は》め込まれた珍しいものであった。

そして、句碑の解説には、「平成八年、駅前広場の整備に伴い、当地に移転しました」とあり、それならば納得できる新しさであった。さらに、句の文字は子規直筆の「寒山落木《かんざんらくぼく》」から転写したものであること、設計鋳造は人間国宝の香取正彦の作であることなどが判った。

「恐らく再建の時に古い土台から銅版だけを外し、新しい御影石の土台に嵌め込んだのかも知れない」

と思った。

「それにしても何故昭和三十二年なのか…」

いったん句碑を離れ横断歩道を渡ると、そこはもう「五太夫きくや」であった。暖簾《のれん》の下から店の中を覗き込むと、狭い店内に人影はなく、ただ左手方向の壁に子規の冬枯の句の拓本があるのが見えた。

「ごめんください」

「はい、ただいま」

中に入ると、すぐに女性の声がした。

「失礼します。店の前の子規の句碑について、市の教育委員会の方から紹介された者ですが、お話を聞かせていただいてもよろしいでしょうか」

「私では詳しいことは分かりませんので、今息子を呼びます。少々お待ち下さい」

そう言うと、女性はいったん奥へ消えた。

「ここは江戸へも六十里　京都へも六十里　ふりわけの所なれば中の町といへるよし―東海道中膝栗毛―より」

天井から下がった小さな看板の文字を興味深く読んでいると、女性が再び顔を出した。

「五分程お待ちいただけますか」

「お仕事中ですか。申し訳ございません」

「もうすぐ区切りがつきますので…」

私は女性に軽く頭を下げた。

「息子さんは、和菓子職人さんでいらっしゃいますか」

「はい、そうです」

私は菓子ケースの中を覗きながら言葉をかけた。その時、一つの菓子が目に止まった。

「これは、子規の字ですね」

「句碑から取ったものです」

「一つ頂戴してもよろしいですか」

「ええ、どうぞ。今お茶を淹《い》れますので…」

菓子の代金を払うと、私は店内の長椅子に座らせてもらい、一服することにした。菓子の名は、子規の句の下五をそのまま採ったもので「村一つ」であった。包みを開くと中から薄茶色の小さな菓子が三つ出てきた。見た目より大分軟らかかったが、それはまるで昔よく遊んだガラスのお弾きのような形であった。口にふくむと黄粉《きなこ》の味がした。

（平成二十年三月三十日）

（注）句碑は昭和三十二年十二月二十五日、旧国鉄袋井駅前に建てられたが、そば店の陰になって分かりにくいとの理由で、昭和六十一年八月二十九日、駅前広場に移設された。その後、平成五年八月十二日、乗用車が句碑に激突し倒壊。修復・復元され、平成七年十月二十五日、現在地に設置された。

村一つ（二）

私は、ＪＲ袋井駅前の和菓子屋「五太夫きくや」に来ていた。この店の長椅子に座り一服していると、恰幅《かっぷく》の良い中年の男性が店の奥から現れた。前掛けのまま耳まで隠れる白い帽子を被り、いかにも作業の途中で出てきたような格好《かっこう》であった。

「お忙しいところを申し訳ございません」

私は椅子から立つと名刺を差し出し挨拶をした。彼もすでに手に持っていた名刺を二枚、私に軽く頭を下げながら差し出した。見ると、一枚は白黒刷りの店の名刺で、もう一枚はカラー刷りの袋井市観光協会のものであった。

「さっそくですが、店の前にある子規の句碑についてお聞きしたいことがありまして、教育委員会の方に問い合わせてみたのですが、こちらのご主人が詳しいので聞いてみてくれとのことでした」

「いやー、私も詳しいことは分かりませんが…」

私は、リュックから一枚のコピーを取り出すと店主に見せた。

「これは、ホトトギス大正十四年六月号に掲載された記事ですが、ここに袋井駅前に子規の冬枯の句碑を建てる計画が出ています。しかし、実際に建てられたのは昭和三十二年です。どうして、こんなに遅くなってしまったのでしょうか」

店主はしばらく無口のまま資料に目を通していたが、私の質問に少し戸惑っている様子であった。

「子規の遠州三吟については、私も興味があって少し調べてみましたが、こんな資料は初めてです」

「ところで、ご主人は句碑をみな訪ねられたのですか」

「はい。弁天島の天の川の句碑と天林寺の句碑と…」

「それは、馬通る三方が原や…ですか」

「天林寺の句碑は、確かに馬通るの句でした」

「その天林寺というのは、どこにあるのでしょうか」

「浜松市役所から北へ歩いて十分くらいでしょうか。街なかにあります」

私は寺の名に聞き覚えがあったが、すぐには思い出せなかった。

五太夫きくや

「実は、その句碑がどこにあるのか、ご主人に尋ねようと思って来たのですが、一つ疑問が解決いたしました」

「はあ、そうでしたか。お役に立てましたか」

「ありがとうございました。このコピーはよろしければ差し上げます」

「私も須藤さんに差し上げたい資料がありますので、今持って来ます」

そう言うと店主はいったん店の奥に戻った。その間、数名の客の出入りがあったが、和菓子「村一つ」の売れ行きは上々のようであった。

「これが資料ですが…」

店から客がいなくなった頃、再び店主が現れた。最初に見せてくれた資料は、昭和三十二年当時の袋井駅前の写真の拡大コピーであった。

「人込みで句碑が隠れてしまっていますが、バス停が見えますね。最初はこの横に建てられました」

それは、学生服を着た中学生が駅前の清掃をしている様子を撮影したものであった。

次に見せてくれた資料は、地元の短歌俳句クラブ八雲会から出された「正岡子規先生句碑建設記念句歌集」のコピーであった。何枚かめくると「発議」として次の記述があった。

昭和三十年二月五日　八雲会定例会席上一会員が二十余年の宿望である子規先生句碑建立の動議に対し全員一致で賛成計画を推進することになった

「ご主人！これは貴重な資料ですね。やはり子規句碑建立は、袋井の人々にとって、昭和の始め頃からの宿望だったのですね」

「ええ、私も須藤さんに資料を見せていただきまして、思い出しました」

「それでも、昭和の初期の時点で何故句碑が建てられなかったのか、疑問は残りますが」

「そのことについてですが、もう一つ資料がありまして、これを書かれた恩田さんは、元浜松市役所に勤められていた方です。恩田さんのお父様が句碑建立に直接関係されていましたので、私より詳しい方です」

「その方のお住まいは」

「ここから歩いて五分程です。先ほど電話をしてみましたが、留守のようでした。是非《ぜひ》一度訪ねてみて下さい」

店主から渡された資料は、雑誌『ふるさと袋井』に掲載された「子規句碑建立余話」と題するもので、執筆者は恩田饒《ゆたか》氏であった。

「ここに、こんな記述があります」

そう言って店主が指したところ見ると、「昭和三十年九月、父の実弟である高橋謹治が鎌倉へ虚子先生を訪ねています」とあった。

「虚子から句碑建立に対し、いろいろアドバイスを受けたようです」

「これは面白《おもしろ》そうですね」

「これが恩田さんの住所と電話番号です。私からもまた電話を入れて、須藤さんのことを紹介しておきます」

「それは助かります。明日にでも連絡をさせていただきまして、恩田さんの都合のよい時に訪ねさせていただきます」

私は店主に礼を言っていったん店を出たが、別の客が入るのを見て慌《あわ》てて引き返した。

「何か忘れものですか」

「売り切れないうちに、と思いまして」

私はそう言うと「村一つ」を再び注文した。


（平成二十年四月二十日）

村一つ（三）

ＪＲ袋井駅前に正岡子規の句碑が建てられたのは、昭和三十二年のことであった。大正十四年に計画されていたものが、何故こんなに遅くなってしまったのか、一つの疑問があった。そこで句碑建立の事情に詳しい袋井駅前の和菓子屋「五太夫きくや」の主を訪ねてみたところ、延期された事情は判らなかったが、句碑建立に際し虚子のアドバイスを受けていたことなどが新たに判った。

私はその辺の事情を確かめるべく、雑誌『ふるさと袋井』に「子規句碑建立余話」を書かれた袋井市在住の恩田氏の家の前まで来ていた。

「きくやさんの紹介で参りました須藤と申します」

「どうぞお上がり下さい。お話は聞いています」

玄関で迎えてくれた恩田さんは、元浜松市役所の文化振興部に勤務されていた方であった。

「さっそくですが、恩田さんの書かれたこの資料によりますと、句碑建立に際し虚子のアドバイスを受けたとのことですが」

「ええ、句碑建立に際しては私の父禎三が深く係っていました。そこにも書きましたが、父は子規に傾倒していました。蔵書の中には子規に関する文献も多くホトトギスもあります」

「最初は虚子に冬枯の句を書いてもらおうとしたようですね」

「そうです。子規を継承した虚子に書いてもらうのが一番いいと考えたようです」

「ただ、お父様は直接虚子には会っていないようですね」

「父の実弟高橋謹治が東京都に勤務していた関係もありまして、虚子の娘である星野立子《たつこ》を通して虚子に会っています」

「恩田さんは、その間の事情を知らせてきた叔父様の手紙を引用されていますが」

「これがその手紙です。子規の自筆があるのでそれを拡大して碑に刻むことが良いとのアドバイスを受けています。それまで子規の自筆があることを父も知らなかったようです」

「手紙を見せていただいてもよろしいですか…。日付が昭和三十年十月八日になっていますから、叔父様はそれ以前に虚子を訪ねたことになりますね」

「鎌倉に虚子を訪ねた日がいつだったのか、手紙からははっきりしませんが、国立国会図書館に保存されている子規の自筆を複写できるように便宜《べんぎ》を計ってもらったようです」

「子規の寒山落木ですね」

「そうです。一般的には難しいことですが、虚子が当時の館長宛てに紹介状を書いてくれたお蔭で実現したようです。叔父はその後、館長に会い寒山落木第一巻の中から冬枯の句を確認し、写真とそのネガを頂戴したとのことです」

「恩田さんが、その辺の事情を余話として書き残しておいて下さいましたので、本当に助かりました」

「それにしても、子規の公表されている一万八千余句の中から誰がこの句を見つけたのか今も判りません」

「その点につきましては、きくやさんにも資料を差し上げましたが、ホトトギス大正十四年六月号に関連記事が出ていますので、当時の関係者は承知していたのでしょう」

　私は恩田さんに子規を信奉する加藤雪腸が、「寒山落木」中にある子規の遠州三吟を句碑にして残す計画を立てていたことなどを説明した。

「でもどうして大正十四年の計画が、昭和三十二年になってしまったのでしょうか」

　私は予《かね》てから疑問に思っていたことを尋ねてみた。

「それは加藤雪腸が志半ばで亡くなってしまったからでしょう」

　恩田さんはそう言うと別の資料を見せてくれた。

「これは市で編纂《へんさん》した浜松市史のコピーですが、この中に雪腸についての記述があります。

雪腸は弁天島の句碑に引き続き昭和六年に天林寺境内に二つ目の句碑を建立しています。ところが、翌七年に交通事故で突然亡くなってしまいます」

「交通事故ですか」

「市史には、雪腸が自転車で通行中、自動車と衝突したとあります。浜松の俳句の歴史を学ぶには良い資料ですよ」

「大変良いことを教えていただきました。恩田さんのお蔭で頭の中の靄《もや》が晴れたような思いです」

「須藤さんのお話からすれば、雪腸が急逝《きゅうせい》しなければ、もっと早く袋井駅前にも句碑が建ったのでしょうね」

「恩田さんのお父様もそれほど苦労しなくてもよかったかも知れません。ここでの疑問も解決しましたので、近いうちに天林寺の句碑を訪ねたいと思います」

「そのことですが、是非須藤さんに確かめていただきたいことがあります」

そう言うと恩田さんは、拓本のコピーの縮小版を見せてくれた。

「これが天林寺に建立された句碑の文字です。三行書になっていますね。弁天島の句碑は、寒山落木に従って一行書になっています。どうしてこちらは三行書なのか、もしや雪腸が前もって病床の子規に書いてもらっていた可能性はないか、そんなことを以前考えたことがありまして」

「単純に一行書の文字を三行に散らした可能性もありますね」

「多分そうだとは思いますが、何分気になるものですから」

「分かりました。何か発見がありましたら、また連絡させていただきます」

私は恩田さんに礼を言うと袋井駅に向かった。途中句碑に立ち寄ると、改めて一行書の「村一つ」までの十一文字を目で追った。

（平成二十年五月二十五日）

立春前

正岡子規に、かつて静岡県遠州地方の風景を詠んだ俳句があって、子規の死後、その遺徳を偲ぶ人達によって、それらはみな句碑となった。

冬枯の中に家居や村一つ

天の川濱名の橋の十文字

馬通る三方が原や時鳥

冬枯と天の川の句碑はすでに確認したが、時鳥《ほととぎす》の句碑がまだであった。しかし、それも浜松市内の天林寺にあることが分かっていた。

特に、冬枯の句碑の調査でご協力をいただいた恩田さんからの「天林寺の句碑は、もしや加藤雪腸《せっちょう》が、病床の子規に頼んで書いてもらった可能性はないか、その辺のところを須藤さんにお調べいただきたいのです」との依頼は、私の気持ちを高揚《こうよう》させるものがあった。

昭和四年から昭和六年にかけて改造社から『子規全集』全二十二巻が発行された。そのうち第一巻から第三巻までが俳句集になっていた。

それ等を調べてみると、最初の冬枯の句は、第一巻に収録されていて、明治二十二年の作であった。そして、天の川と時鳥の句は、共に明治二十八年の作で第二巻に収録されていた。

「これは、もしや子規の肉筆をそのまま転写したものではないだろうか」

第二巻を調べていた私は、思いがけない発見でもしたかのような気分になった。

第一巻と第三巻が活字で、第二巻だけがどうして活字でないのか、私は少し疑問を感じながらも、巻末の編集後記に目を通してみた。

「寒山落木」巻四の一冊を其儘《そのまま》に写し出して本巻のやうなものを作つたのは、子規居士の芸術に親しむよすがとして最もふさはしいものだらうと思つたからである。

「やはり、そうだったのか」

私は、一巻だけでもこのような配慮をしてくれた編集者のセンスのよさを感じた。ちなみに、この全集の編集責任者は、河東碧梧桐《へきごとう》・高浜虚子《きょし》・香取秀真《ほずま》・寒川鼠骨《そこつ》の四名であった。

子規の絶筆三句などの書を見ると達筆としか言いようのない筆遣いであるが、寒山落木の方は、一行書きのやや丸みを帯びたもので、どの文字も読みやすく、記録として残しておこうとの子規の思いが、その筆遣いからは感じられた。

第二巻は、子規の肉筆の寒山落木巻四を転写したもので、子規の普段使い慣れた文字を見ることのできる貴重な一冊であった。

私は、この子規の文字と天林寺の句碑の文字を比べてみれば、恩田さんとの約束も果たせるのではないかと期待に胸が弾んだ。


平成二十年二月三日、浜松文芸館の定例句会に参加した私は、帰りに浜松市在住のホトトギス同人・吉田よしゑさんの車に同乗させてもらい天林寺に向かった。

「天林寺が、ホトトギス誌友の伊藤諦子《ていこ》さんの寺とは偶然ですね」

「よしゑさんのおっしゃるように、私も諦子さんが寺の内儀であることは承知しておりましたが、天林寺と判って、これも俳縁《はいえん》であろうと思いました」

「諦子さんに直接お話を聞かれれば、参考になることがあるかも知れませんね」

よしゑさんの運転する車のワイパーが、冷たい雨を弾きながら坂を上りはじめると、そこはもう天林寺の境内であった。

「予定より大分早く着いてしまいました」

「諦子さんはまだお茶のお稽古中でしょう。まあ、取り敢えず二人で句碑を探してみましょう」

私は、よしゑさんを促すと車から降りて傘を差した。

しばらく境内を二手に分かれて探したが、句碑は意外に近い場所にあった。

「よしゑさん、ありましたよ」

句碑は車を停めた左手の斜面にあった。足場が悪く傘を差したままでは、句碑の寸法や裏側を確認することができなかったので、私はよしゑさんに傘を預けた。

「高さが百二十三センチ、下幅が百十センチ、上幅は右肩が欠けていますが、ほぼ百十センチありますね」

私は携帯用の巻尺で大まかな寸法を測った。引き続き句碑の裏面の文字を読み取ろうと、斜面に足を踏ん張り覗き込んだ。

「これは漢文ですね」

私はそう言うと、いったん顔を正面に戻した。そして、態勢を整えると再び覗き込んだ。

斯碑得全国百余家賛助而建□

碑文□拡大故人遺墨□彫□也

昭和六年三月十三日　曠野社

いくつかの文字を除いては、手帳に書き留めることができたが、私の漢文の能力では読み下しは困難であった。しかし、一字一字を丁寧に見ることで、おおよその意味を掴《つか》むことができた。一つは、この句碑も弁天島の天の川の句碑と同じように寄付で建てられたこと。二つ目は、子規の遺墨を拡大して彫ったものであること。ただ、昭和六年三月十三日の日付が、除幕式の日であったのかどうかは、今後調べてみる必要があると思った。

一息つくと、今度は正面の文字を確めてみた。

「やはりこれは、寒山落木の字ですね」

私は、『子規全集』第二巻からコピーした「馬通る三方が原や時鳥」の文字と句碑の文字とを比べてみた。句碑は三行の散らし書になっていたが、文字は気負いのない平坦なものであった。

小雨が冷たく降り続いていたが、私は心にぬくもりを感じながら句碑の文字を見つめていた。

（平成二十年六月二十九日）

天林寺の句碑　馬通る三方が原や時鳥

続立春前

浜松市役所から北へ七百メートル程行った所にある天林寺には、正岡子規の句碑「馬通る三方が原や時鳥」がある。句碑の裏側には「昭和六年三月十三日曠野社」の刻印が見えるので、静岡県下で現存する子規の句碑の中では、恐らく二番目に古いものであろう。一番古いのはもちろん、大正十四年の弁天島の句碑「天の川濱名の橋の十文字」である。

私は句碑を調べるために、吉田よしゑさんといっしょに天林寺に来ていた。この寺の内儀は同じホトトギスの誌友伊藤諦子《ていこ》さんであった。

諦子さんには事前に連絡しておいたのであるが、予定の時間より一時間も早く着いてしまったので、私達二人だけで句碑の調査を粗方《あらかた》済ませていた。

私が一番気にしていたのが、袋井駅前の子規句碑の調査でお世話になった元浜松市職員・恩田さんの次の趣旨の言葉であった。

「もしや雪腸《せっちょう》が前もって病床の子規に書いてもらっていた可能性はないか」

私は、句碑の正面に立つと持参した子規の肉筆の判るコピーと句碑の文字とを比べてみた。その文字の姿形から、「句碑の文字は改めて雪腸が子規に書いてもらったものではなく、寒山落木の文字を散らして彫ったものである」と、言わざるを得ないと思った。

「あ！諦子さんが見えられました」

よしゑさんの声に振り向くと、黒い和服姿の彼女の姿があった。

「今日はお世話になります。予定の時刻より大分早く着いてしまったものですから、勝手に調べさせていただきました」

「ここではお寒いでしょうから、どうぞ中にお入り下さい」

私は案内された部屋に落ち着くと、これまでの経緯を改めて簡単に話した。

「大正十四年のホトトギスの記事ですと、ここの句碑は三方原追分《おいわけ》村社に建てる計画であったようです。村社は神社のことだと思いますが」

「先代の和尚からは、当初三方原にあったものを、ここに移したと聞いておりましたが」

「これまでの調査では、どうも最初から天林寺に建てられたようなんです。三方原追分村社に計画していたものが、どうして天林寺になったのか、その辺の事情が解りません」

「道路の拡幅工事で移したと聞いておりましたが」

「道路の拡幅工事ですか。それならば理解できます。当初は三方原追分村社に計画していたが、その後、道路の拡幅計画があることが判ったので、計画を変えたと考えれば納得できます」

「それでは移したのではなく、計画変更ということでしょうか」

「その可能性が高いとは思いますが、浜松文芸館や市の中央図書館にも資料があると思いますので、追って調べてみたいと思います」

移したのか、それとも計画変更があったのか、今度は諦子さんから宿題を貰ったような心持ちで私は寺を後にした。

この天林寺に建てられた句碑の経緯については、恩田さんから頂戴した参考資料があった。昭和二十九年から昭和六十二年（八月号）まで『東海展望』という月刊のローカル誌が発行されていた。その昭和四十九年七月号に「正岡子規の遠州三吟の碑」と題する記事があり、作句年代や句碑の建立場所などを把握することができた。

もう一つは、昭和六十年三月号に掲載された「浜松市天林寺の子規句碑資料」と題する記事で、主に加藤雪腸の主宰する『曠野《あらの》』からの引用であった。

その後、吉田よしゑさんが、浜松市中央図書館で調べてみたところ、記事に引用されていた『曠野』昭和六年五月号が現存し、内容を確かめることができた。

第二子規句碑建立に就いては、遠近から多大の賛助を得まして、去る四月十九日なる子規子の月の命日午後一時すぎ除幕式を了し得たことを感謝に堪へませむ。参列者左の如し

句碑の裏の日付は昭和六年三月十三日であったが、この雪腸の消息から実際の除幕式は、昭和六年四月十九日であったことが判明した。子規の命日は九月であるが、同じ十九日に合わせたのであった。

引き続き、参列者四十八名の氏名が列記されていたが、その中に虚子の名はない。子規を尊崇《そんすう》していた雪腸ではあるが、もはや自由俳句を主張し、子規とは似ても似つかぬ句を作っていたのであった。

消息には、除幕式の後、天林寺の庫裡《くり》で記念句会をしたこと、精進料理を食べたこと、夜半近くに散会したことなどが記されていた。

私は、調査のために浜松文芸館に来ていた。館の所蔵する雪腸関係の文献を閲覧《えつらん》させてもらったところ、その中に『安良乃《あらの》』昭和八年二月号があった。これは雪腸の追悼号であったが、その略年表の昭和六年の所を見ると、「四月浜松市天林寺境内に第二正岡子規句碑建立」とあった。

このことからも最初から天林寺に建てられた句碑であることは間違いないと思われたが、三方原追分村社から天林寺に何故場所が変わったのか、その辺の事情までは、他の文献からも見出すことはできなかった。

「天林寺も句碑建立以後、国道152号線の開通で敷地が真二つに分断されるなど、あるいは敷地内での句碑の移動があった可能性もなくはない」

などと考えを巡らせていると、館長から声がかかった。

「こんな資料もありますが、よろしければ見て下さい」

それは、大正十四年七月五日、弁天島の子規句碑の除幕式の時に撮った写真を拡大したものであった。句碑を背景に虚子も雪腸も写っていたが、誰一人として笑った顔がないのが印象的であった。

（平成二十年七月二十七日）

句碑除幕式写真の一部　(大正14年7月5日撮影)浜松文芸館蔵
①百合山羽公 ②加藤雪腸 ③竹田磊石 ④高浜虚子 ⑤松島十湖

第四章　道灌山

御院殿跡

平成二十六年四月十九日、群馬県で弟夫妻と暮らしていた実母が亡くなった。もう半年程の命と聞かされていたので、心の準備はできていた。

翌二十日は、群馬県高崎市で発行を続けている俳誌『桑海《そうかい》』の五百号記念大会があった。目出度《めでた》い席で悲しい顔を見せてはいけないと思いながらスピーチをしたが、どうやら自然体で話せたようだ。

その日はいったん静岡に戻り、翌日、今度は家内を連れて母の葬儀のために再び群馬に帰った。葬儀に参列しながらも何故《なぜ》か仕事のことが気になったが、考えられる事はみな同僚たちに頼んでおいたので、そう心配する必要はなかった。

「お前の両親も俺の両親もこれでみな亡くなってしまったな」

「そうね。今度はいよいよ私達の番ね」

遺影を見ながら妻に話しかけると、淋しそうな言葉が返ってきた。ただ、遺影の母に問えば、

「逆縁《ぎゃくえん》でなければ上等よ」

と言うに違いなかった。

そう言えば、私は母に甘えることが下手《へた》な子供であった。中学や高校の入学式の時も「来なくていい」と言って、母を困らせた記憶がある。

東京の大学に進学が決まった時も「来なくていい」と言ってみたが、さすがにこの時は引っ越しの荷物の運搬や下宿の掃除もしなければならないということで、父が準備してくれたトラックにいっしょに乗って東京までの道のりを共にしたことがあった。

トラックの運転手は初対面の人であったが、父の知人で若い頃は東京で働いていたとのこと。そのトラックで通り過ぎただけであったが、その時、案内してもらった駅が浅草と上野、ここから出る電車に乗れば群馬に帰れると教えてもらった。

「ここら辺りが鶯谷《うぐいすだに》でもう少し行くと道灌山《どうかんやま》、若い頃は道灌山に下宿していたので懐かしいですよ」

「常央《つねお》が東京にいる間に上野や浅草にも来てみたいですね」

母と運転手の何気《なにげ》ない会話をそれとなく聞いていたが、心の中ではもちろん、

「おふくろが来るなんて冗談じゃない」

と拒否をしていた。ただその時、浅草、上野、鶯谷、道灌山は憧《あこが》れに近い響きをもって私の記憶に残った。

四月二十七日の山会《やまかい》に参加した翌日は、もう一日だけ休暇をとらせてもらった。そのまま東京で一泊し、少し都内を歩いてみたいと思ったからである。

運転手に教えてもらった浅草や上野は、学生時代にも何度か周辺を歩き、帰省の際には二つの駅のいずれかを利用していた。しかし、鶯谷や道灌山は結局在学中に訪ねることはなかった。

その鶯谷に子規庵があることを知ったのは、社会人になって俳句を始めてからのことで、さらにその子規に「道灌山」と題する一文があることを知ったのは、ずっと後のことであった。子規終焉《しゅうえん》の地である子規庵は、いったんは戦災で消失したものの昭和二十六年に再建された。私もすでに何度か訪ねていたが、俳人には人気スポットの一つであった。

もし母が今生きていて、十分健康で私といっしょに東京を歩きたいと言えば、私は喜んでまず最初に上野と浅草を案内したであろう。そして、次の機会には鶯谷の子規庵、そこから道灌山辺りまで子規や虚子のことを話しながら、いっしょに歩いてみるのも悪くないと今さらながら思うのであった。

十数年振りに訪ねた子規庵は、生憎《あいにく》月曜日ということで休みであったが、外壁に埋め込まれた東京都指定史蹟の案内が、周辺の家並《やな》みに紛れ込むのを防いでいるようにも見えた。

子規は明治三十二年九月二十八日、子規の言葉を借りれば「歌修業の遊び」に出る。もちろん、もう自力で歩くことはできない。

その数年前、俳句史では道灌山事件と呼ばれているが、明治二十八年十二月、子規は虚子を連れて道灌山の婆《ばば》の茶店を訪ねている。虚子は後に『子規居士と余』の中で「腰の痛みは余りいゝ方では無かつたので其《その》歩きぶりは気の毒にも苦しさうであった」と子規の様子を書き残している。いずれにしてもこの時は、まだ何とか自らの脚で歩けていたのである。

寝ながらに足袋はき帯結び、車来りてやうやうに匍匐《はらば》ひ出づ。車夫我病を心得顔に背つき出して玄関に待つも可笑《おか》し。負はれて車に乗る。

歩けない子規を車夫が背負って車に乗せ、いよいよ子規庵を出立した。子規の目にまず飛び込んで来たのは、貸本屋の庭に咲く芙蓉であった。

夏されば茨花散り秋されば芙蓉花咲く家に書あり

この貸本屋がどこにあったのか、特定はできないが、子規庵近くにあったことだけは確かである。

そして、次に子規が目にしたものは御院殿《ごいんでん》であった。御院殿とは御院殿跡のことであるが、現在の根岸薬師寺のある辺りで、そこは子規庵から歩いて二、三分の所にあった。

御院殿とは簡単に言えば、上野寛永寺住職の別邸のことであるが、慶応六年の彰義隊の戦いで消失したと手持ちの資料にはある。三千坪以上の広い敷地であったようだ。

子規の「道灌山」は、子規庵から田端停車場まで行き、折り返し帰って来るルートであるが、行きは主に子規庵のある側、すなわち、現在の山手線の外側の平坦な道を通って行ったようだ。

この御院殿は、実は虚子の『子規居士と余』の中にも重要な場面として登場する。

もう二人共いふべき事は無かつた。暮れやすい日が西に舂《うすづ》きはじめたので二人は淋しく立ち上つた。居士の歩調は前よりも一層怪し気であつた。御院殿の坂下で余は居士に別れた。

御隠殿坂（左）と跨線橋（右）　谷中霊園側より望む

これは道灌山事件の最後の別れの場面であるが、道灌山の婆の茶店で子規が虚子に自分の後継者になることを頼み、それを虚子が拒絶したのであるから、子規の落胆は大きい。

現在も山手線の内側、谷中霊園側に行くと根岸へ通じる御隠殿坂の一部が残っている。

虚子と子規の別れた坂下はこの辺りであろうか。根岸側から谷中へ渡る跨線橋《こせんきょう》を見上げていると中年の女性が一人降りてきた。どこかで会ったような気もしないではなかったが、見つめていると笑顔で私に近づいてきた。

「子規庵はこの近くですか」

「ええ、この道を真っ直ぐ行っていただければ右手にあります。でも月曜休みで今日は閉まっています」

「そうでしたか。それでは場所だけ確認して帰ることにします」

しばらく彼女を見送ったが、心なしか記憶の母の後姿に似ているような気がした。

（平成二十六年五月二十五日）

音無川

青空に聳ゆる庭の葉鶏頭《カマツカ》は我にあるけといへるに似たり

この一首にはじまる正岡子規の「道灌山」は、根岸の子規庵から当時すでに開業していた田端駅までを人力車で往復するといった短い行程の「歌修業の遊び」である。

それは明治三十二年九月二十八日に決行されたが、子規はすでに自力での歩行が困難な状態になっていた。

御院殿を過ぐるに故象堂こゝらに住みし事を思ひいでゝ、世にある中に逢はざりしもくやしく、

我知らぬ小阪の絵師はこのあたりに住みしと
聞けど其家も無し

象堂《しょうどう》とは明治期の日本画家・小坂象堂のことで、明治三十二年六月二日に三十歳の若さ

で没している。子規は生前会うことの叶わなかった象堂へ追悼歌を捧げたのであった。

今年四月十九日に他界した私の母は、絵を見るのが好きであった。といっても子育ての頃は美術館などに行く余裕もなく、婦人雑誌などに掲載されていた名画を見ては、感心するといった程度のものであった。

母は三姉妹の末っ子であったが、二番目の姉が近くの桐生市《きりゅう》に住んでいたので、私が子供の頃はよく姉の家に母といっしょに行った記憶がある。二番目の姉には子供がなかったので、私が行くと喜んでくれたようだ。

そこには画集などもあって、母は私といっしょに眺めながら、「本物を見てみたいわね」などと言っていたのを思い出す。

象堂の代表作の一つに「野辺」と題する赤子を背負った女性と虫篭のようなものを持った童を野辺に描いた作品がある。黄昏《たそがれ》に染まる淡い靄のかかった水彩風の画で、母に見せれば気に入るのではないかと思われた。

母が元気なうちに、象堂の作品に限らず美術館で本物の絵をできるだけたくさん見せてあげればよかったと今になって思うのであった。

私は、荒川区教育委員会が根岸薬師寺前に設置した「御隠殿跡」の案内板に目を通すと次のキーワードへと道を急いだ。なお、御院殿の院は案内板のように隠とも書いたようだ。

音無川に沿ひて遡るに右にやきいも屋あり。昔の儘なり。其家の横に植込の小庭ありて、秋海棠一もと二もとづゝ、木の間、石の陰ともいはずまばらに咲き満ちたり。

我昔よく見て知りし金杉のいも屋の庭の秋海

棠の花

今も根岸の南端には金杉通りがあるが、明治時代の古い地図を見ると、このやきいも屋のあった場所は、日暮里村大字金杉で、カリコミ店、ソバヤ、湯ヤ等の記述も見られるので、恐らくそれ等の店の近くにあったのであろう。

子規の「道灌山」を辿《たど》るには、音無川《おとなしがわ》が当時どこを流れていたのかを知っておく必要がある。何故なら文章の前半は、この音無川に沿って車を走らせているからである。

鶯谷駅の改札で「根岸界隈の観光パンフレットがありましたら頂戴《ちょうだい》できますか」とお願いすれば、駅員が必ず出してくれる資料の中に「根岸界隈ぶらりマップ」がある。

実は、私もこんな調子で頂戴したのであるが、偶然にもこの中に音無川の解説と当時流れていた場所が太い青線で落とされていた。

音無川は「根岸及近傍図」（明治三十四年一月発行）には、石神井《しゃくじい》用水と記述されているが、地元では音無川の名称で親しまれていた。いま私の手許にある地図は、根岸子規会が平成二十一年に復刻したものである。

そして、子規もまたこの地図のことを『墨汁一滴《ぼくじゅういってき》』明治三十四年一月十八日の中で取り上げていた。

この頃根岸倶楽部《クラブ》より出版せられたる根岸の地図は大槻博士の製作に係り、地理の詳細に考証の確実なるのみならず我等根岸人に取りてはいと面白く趣ある者なり。我等の住みたる処は今鶯横町といへど昔は狸《たぬき》横町といへりとぞ。

この音無川は、現在の駅でいえば田端から西日暮里、日暮里、鶯谷を通り、明治通りを抜けて最後は隅田川に合流する用水路であった。残念ながら昭和八年にはすでに暗渠《あんきょ》にされてしまったとのことである。

ぶらりマップには、当時架かっていた橋の名前や場所によっては、「この辺りは音無川があった名残で家が道路面から数段高くなっています」等の記述もあり、小さな川とはいえ、このマップの中では存在感を示していた。

私は、ぶらりマップを見ながら、かつて音無川に架かっていた御隠殿橋の跡まで移動した。そこは、道幅の広い尾久橋通りと幅の狭い羽二重《はぶたえ》団子《だんご》の店の前の道とが合流する三角地帯になっていた。ここにも荒川区教育委員会の設置した「御隠殿橋」の案内板が目立たない高さに設置されていることに気付いた。

亡き母といっしょに歩くにしては、ここまでのペースは少し早いとも思えたが、取り敢《あ》えず羽二重団子まで行って休憩することにした。

（平成二十六年六月二十九日）

羽二重団子

正岡子規が明治三十二年に発表した「道灌山」によれば、子規庵から人力車に乗ってやきいも屋の前まで来た子規は、そのまま現在の羽二重団子の店の方向に進んでいる。

羽二重団子の店は、当時から場所が変わっていないので、過去と現在の目印として固定することができる。

其《その》並びに長屋四五軒ありて三味線の師匠など住む。虚子嘗《かつ》てこゝに住みし事あれど其家も我は知らず。

三味の師の同じ長屋に住みきとふ虚子の家いづこ三味の師は居る

其並びとは、やきいも屋の並びである。ここで虚子が登場するが、当時虚子の住んでいた住所は、「府下《ふか》北豊島郡日暮里村元金杉《もとかなすぎ》一三七番地、山岸方」である。これは、毎日新聞社刊『定本高濱虚子全集』別巻の虚子研究年表に出ている。

虚子がここで長女真砂子を身籠った妻いとと暮らしたのは、明治三十年十一月から翌年の二月までの短い期間であった。虚子の小説「三畳と四畳半」は、ここでの生活を描いたものである。

虚子の自伝『俳句の五十年』の「下宿営業の経験」にも次に記述が見られる。

兄が家族を連れて来てからは私はもう手伝はなくてい丶ことになり、日暮里の子規の宅の近所にさ丶やかな間借りをして、そこに家庭をつくることになりました。

虚子の当時住んでいた住所が判っているので、どの辺りか絞り込める筈である。そう思いながら私はすでに羽二重団子の店の前まで来ていた。

私もかつて、この店の団子を母に買って帰ったことがあった。「美味しいお団子だわね」と誉《ほ》めてくれたが、値段を聞いてびっくりした母の顔を今でも思い出す。

母の感覚では団子一本の値段は数十円止まりで、二百円以上もする団子を息子が十本も買って帰るなどとは思ってもみなかったのである。

「余り無駄《むだ》使いしなさんな」

私には弟が一人いるが、弟は倹約型で余分なものは買わない。私の着なくなった服や靴など、みな送ってやれば、それを喜んで着てくれた。それに比べると私は浪費型というわけで、母も心配して時々そんな言葉をかけてくれたのであった。

私は十数年ぶりに羽二重団子の店に入った。定番の餡《あん》と醤油を一本ずつ、お茶とのセットで注文した。今ならば母もこの程度の贅沢《ぜいたく》ならば喜んで受け入れてくれるのではないか、そう思いながら懐かしい味を楽しんだ。

羽二重団子　かつて店前に音無川が流れていた

こゝに石橋ありて芋坂団子の店あり。繁昌いつに変らず。店の内には十人ばかり腰掛けて喰ひ居り。店の外には女二人佇みて団子の出来るを待つ。根岸に琴の鳴らぬ日はありとも此店に人の待たぬ時はあらじ。

羽二重団子は六代百八十年続いている店として有名であるが、またの名を芋坂《いもさか》団子といった。かつてはこの店の前を音無川が流れていた。また、現在も店の横には芋坂があり、芋坂跨線橋を渡れば谷中霊園に通じている。

実は、虚子の住んでいた場所は後の調査で判ったのであるが、これには根岸子規会の奥村雅夫さんに助けていただいた経緯がある。私は奥村さんといっしょに現地に来ていた。

「虚子が当時住んでいたのは一三七番地ですから、今の善性寺の横の区画になります。そこのマンションの所ですね」

「羽二重団子から見ると右斜め前方ということになりますね。確かに今の地図と奥村さんから頂戴した明治の地図を見比べてみても善性寺の位置は変わっていませんから確かですね」

「これは昭和に入ってから作られた戦前の地図ですが、一三七の番地のふられた建物が一つの区画の中に八棟確認できます。虚子の住んでいた当時も何棟かあったと思いますよ」

「虚子は恐らく、道に面した方の建物にいたのではないでしょうか。実は、今日奥村さんにお見せしようと思いまして持参した資料の中に、高浜いとのインタビュー記事がありまして、当時を懐かしく語っています。これによると、音無川が流れている川向こうには立派な家が並んでいて、川を隔ててこちら側は小さな家ばかりで、裏に出ればすぐ井戸端があって貧民《ひんみん》窟《くつ》のようであったと言っています。裏に出ればと言っていますから、住んでいたのは道に面した方だと思います」

「羽二重団子側は立派な家が並んでいたということですね。その資料のコピーを頂戴できますか」

「もちろんです。奥村さんのお蔭でかつて虚子の住んでいた場所を確認することができました」

「また何かあればいつでもご連絡下さい」

芋坂も団子も月のゆかりかな　子規

私は、店を出ると子規の句碑の前に立った。もし母といっしょならば、句碑の近くに母を立たせ写真を撮ったに違いないと思った。

（平成二十六年七月二十五日）

（注）高浜いとのインタビュー記事は『玉藻』昭和三十五年六月号の「父のこと—母から聞く—」高木晴子筆記による。

道灌山

正岡子規が「道灌山」を発表したのは、明治三十二年十月のことであった。当時はまだ子規庵のある鶯谷に山手線の駅は無く、もちろん次の日暮里《にっぽり》駅やその次の西日暮里駅も無く、三つ目の田端駅だけが開業していた。

当時、子規庵の近くでは上野駅の開業が最も早く明治十六年四月、そして田端駅の開業が明治二十九年四月であった。

子規庵から人力車に乗って当時の田端停車場を折り返してくる時間はそう長いものではないが、自立歩行の困難な子規にとって、外出できること自体、輝くような時間であったに違いない。

そんなことを考えながら羽二重団子の店を出た私は、日暮里駅の前まで来ていた。

左へ曲れば乞食坂へ登るべき処を右へ曲りて少し行けば百姓家に二抱もある南瓜（或は金冬瓜の類ならんといふ）生りありとて根岸あたりより見に来し者多かりき。其事を思ひ出すに、

道灌山からの見晴らし

をさまれる御代のしるしに二抱へ三抱へ
もある冬瓜生り出でつ

この文中にある乞食坂《こじき》は、現在の地図には載っていない。本来ならこの辺で踏切を渡り、山手線の内側に入っておけば、道灌山までの道のりはそう遠くない筈であった。

しかし、子規は敢《あ》えて左折せず、田園風景の中へと道を取った。

虚子が一時仮住まいをしていた跡地を案内して下さった奥村雅夫さんに頂戴した明治の地図には、「こじき坂」の名が見られる。

日暮里駅は、子規亡き後の明治三十八年四月に開業しているが、この時の工事で多くの坂が消滅したと手持ちの資料にはある。そんなわけで正確な場所は判らないが、天王寺の位置から推測すると現在の日暮里駅西口前の御殿坂から諏訪台通りにかけての呼び名であった可能性が高い。

いったん突き当たった道を右折した子規は、その後も音無川に沿って現在の西日暮里駅の方向に進んでいるが、深秋の田園風景を堪能し歌にしている。


川に沿ふ生垣ありて水の上にこぼれんとする山茶花の花

道の辺に生る烏瓜又の名を玉づさといふと聞けばゆかしく

岸の辺の花の露草花垂れてきたなき水によごれてぞ咲く

この三首の後に風景は一転し、次の一文が出てくるが、この時点ではもう左折して、どこかの踏切を渡っていたのではないだろうか。

田端停車場の外を廻るに家居多く出で来て料理屋の看板掛けたるもあり。此辺には歯磨の広告、煙草の広告など目ざましく聳えたり。
　汽車とまるところとなりて野の中に新しき家
　　広告の札

　子規の「道灌山」を歩いて、結局最後まではっきり判らなかったことがいくつかあった。その一つが、どこで左折して踏切を渡って山手線の内側に入ったかということである。後半の景色は、みなこの内側を描いているが、私は現在の西日暮里駅近くで左折して、当時はあった線路とほぼ同じ高さで並行して走る道をしばらく田端方向に進んだのではないかと推測している。

　現在の田端駅は開業当時とは位置がずれていて、当時はもう少し西日暮里寄りで、ほぼ現在の南口の崖下に改札口があったようだ。

　今年四月十九日に他界した母の実家は、群馬県桐生市にあった。私の弟が生まれる前はよく私を連れて実家に帰っていた。母の両親はすでになく、母を含めた三姉妹は祖父母に育てられたと、後に母から聞いた記憶がある。

　母の祖父は実業家で、孫の三姉妹を何とか育て上げる位の余力はあったようだ。

母を思い出す時、私の脳裏には時々、次のシーンが蘇《よみがえ》る。

母と母の祖父と私とが橋の上から電車を眺めている。もう帰ろうとする母にまだ電車を見ていたい私はダダをこねる。終《しま》いには橋の欄干《らんかん》にしがみついて、「いやだーいやだー」と言って泣き出してしまうのであった。

「お爺《じい》さん、この子をお願いします」

母はそう言って私を残してどこかに行ってしまうのであるが、そこには引き続き曽祖父《そうそふ》と手を繋《つな》いで電車を見ている私がいる。そして、最後は曽祖父の背中で眠りながら家に帰って来るといったシーンである。

生前の母からも思い出話として聞かされていたので、いつしか記憶に定着したものと思われる。

そんなことを思い出しながら、私は西日暮里駅まで来ると左折して山手線の高架をくぐって内側に入った。そして、先に道灌山を確認しておきたいと思い、開成高校の横の「ひぐらし坂」を上って行った。

「恐らくこの辺に、子規と虚子がよく訪ねた道灌山の婆の茶店があったのであろう」

そう思われる高さまで上り詰めると、私は崖下を通る電車をしばらく眺めた。それはかつて母と曽祖父といっしょに見た景色にどこか似ているような気がした。

（平成二十六年八月十六日）

夕顔の花

私は、鶯谷の子規庵から西日暮里駅まで来ると、左折して山手線の内側に入った。そして、開成高校の横の「ひぐらし坂」を上り詰めると、しばらく崖下を往き来する列車を眺めていた。四月も下旬、桜もほぼ終わりに近づいていたが、八重桜を景色の中に捉えることができた。恐らくこの辺に婆の茶店があったのではないかと思いながら、四階建ての白いマンションを見ると道灌山リハイムとあった。現在の住所を地図で確認すると荒川区西日暮里四丁目三番十一号であった。

虚子がここで子規から自分の後継者になるように頼まれたが拒否した、いわゆる道灌山事件は有名であるが、実はそれよりも前に二人がここを訪ねた記録がある。それは子規の従軍前の明治二十六年頃のことと考えられているが、虚子はまだ数えで二十歳、子規は二十六歳であった。

嘗《かつ》て子規子と二人道灌山の茶店に休んで居つた時である。だんだん夕暮になつて来て、茶屋の下の崖には夕顔の花がしろじろと咲き始めた。其時子規子の説に、「夕顔の花といふもの、感じは今迄は源氏其他から来て居る歴史的の感じのみであつて俳句を作る場合にも空想的の句のみを作つて居つた。今親しく此夕顔の花を見ると以前の空想的の感じは全く消え去りて新たらしい写生的の趣味が独り頭を支配するやうになる。」と。

この子規の写生的趣味に対して、虚子は一応了解するのであるが、「以前の空想的の感じが全く消え去る」という事に対しては、不平の情を禁じ得なかったのであった。

夕顔の花其ものに対する空想的の感じを一掃し去るといふ事は、折角《せっかく》古人が此花に対して付与して呉れた種々の趣味ある連想を破却《はきゃく》するもので、たとへて見ると名所旧蹟等から空想的の感じを除き去るのと同じやうなものである。（中略）「夕顔の花」も同じ事で、一半の美は其花の形状等目前に見る写生趣味の上に在るのであるが、一半の美は源氏以来の歴史的連想即ち空想的趣味の上に在る。

これは、毎日新聞社刊『定本高濱虚子全集』第十巻の「俳話（二二）」の中に出てくる一文であるが、師弟の遠慮なき活発な議論には熱いものを感じる。

この婆の茶店の果たした役割を考えると、もっと注目されてもよいのではないかと思われるが、明治三十二年に発表された子規の「道灌山」によれば、すでに店はなかったようだ。

車に乗りて猶《なお》崖ぞひに行く。道灌山の茶屋とて昔よりありし処は木さしこもりていたく荒れはてたるに、

婆々が茶屋はいたく荒れたり昔わが遊びに来ては柿くひしところ

子規は恐らくここで一服したかったのではないかと想像するが、店がすでにないのでは仕方がない。実は、ここに来る少し前に別の茶店で休んでいたのである。

胞衣《えな》神社の前の茶店に憩ふ。此茶店此頃出来たる者にて田端停車場の真上にあり。固より崖に臨みたれば眺望隠す所無く足下に見ゆる筑波山青うして消えなんとす。我嘗て此処の眺望を日本一といふ、平らに廣きをいふなり。

武蔵野の空の限りの筑波嶺は我居る家より低

子規を乗せた人力車もすでに山手線の内側に入り、復路の景色を見せている。この胞衣神社のあった場所ははっきりしていて、今はライオンズヒルズ田端マンションが建っている。そこは、田端駅南口からもすぐの所にあった。この復路の延長線に道灌山の婆の茶店があった。そんなことから、私は「ひぐらし坂」を上り詰めた辺りではないかと推測してみたのである。

生前、私の母は「常央が東京にいる間に上野や浅草にも行ってみたい」と言っていたが、残念ながらその思いを叶えてやることはできなかった。そんな母が今いっしょにいれば、この辺で一服してもらい、子規と虚子の道灌山の話などをしてあげたいと思ったが、恐らく母からすれば、そんな話よりもどこか喫茶店の窓から山手線の列車を眺めながらゆっくりと時を過ごすことの方が嬉しく思うに違いなかった。

仮に知人の誰かがここに喫茶店を開くとして、もし私に名前を考えて欲しいと頼まれれば、きっと母の好きな花「夕顔」とするであろう。

（平成二十六年九月二十一日）

婆の茶店はこの辺りか　白い建物は道灌山リハイム

八重桜

子規の写生文「道灌山」には、かつて虚子とよく来た婆の茶店を懐かしむ場面がある。実際にはもう荒れ果ててしまっていたのであるが、子規はその代わりに新しくできた茶屋でしばしの休憩を取ったのであった。

柿を食ひて、
　岡の茶屋に我喰ひのこす柿の種投げば筑波に
　とゞくべらなり

子規の柿好きは有名であるが、どうやらここでも柿を食べたようだ。しかし、柿を食べながらも子規の表情にはまだ動揺が残っていたに違いない。実は、この茶屋に立ち寄る前に緊迫した場面に身を置くことになる。

停車場尽くるあたりに岡を切り取りたる処ありて、そこに上り道出来たり。車夫こゝを登らんといふに、見あぐれば坂急にして危《あやう》く、切り下げたる崕《がけ》、二十丈もあるべし。目くるめきて胸安からず、こゝを登ることいかゞあらんと独りあやぶみ居る程に、車夫は一向に平気なる様にて、車ははや停車場を見下す程の高さになりぬ。両側ともに崖にしていづれへ墜ちんも命あるべくは覚えぬに狭き路殊《こと》に高低さへあれば自由ならぬ身を車にしがみつきて、

壁立つるがけの細道行く車輪をどるごとに生ける心地せず

身動きの取れない子規が、高低差二十丈（約六十メートル）もある狭い急坂を上って行く場面であるが、緊張で強張る子規の顔が見えてくるようだ。この時点で田端停車場を幾分離れたことになるが、どこにそのような急坂があったのか、今は想像するしかない。

その手がかりとして、現在の田端駅の南口近くに、不動坂という崖を上る階段がある。当時の田端停車場は、この南口のさらに下にあったので、その位置から登ったと考えれば、不動坂の上までの二十丈という高低差は、そう大袈裟とも思えないのである。

坂の案内板によれば、かつて南口付近には不動の滝があり、不動明王像が祀られていた。そして、明治四十五年五月に始まった駅拡張工事のために不動尊を移転したとあるが、当時

は、この坂の階段が線路脇近くまで下《くだ》っていたのではないだろうか。

残念ながら子規の「道灌山」に不動坂は登場しないが、子規は人力車に揺られながら、駅を右に不動坂を左に通り過ぎた一瞬があったに違いない。

文中の「停車場尽くるあたり」とは、不動坂を通り過ぎて少し行った辺りと考えればよいであろう。私は五十段程ある不動坂を上り下りしながら頭の中に子規の車を走らせてみたのであった。

上りて見れば平野一望黄雲十里此ながめ二十八年このかた始めてなり。
　山も無き武蔵野の原をながめけり車立てたる
　　道灌山の上

恐ろしい思いをしながら上った坂の頂で、今度は絶景とも言える眺望に出逢ったのであるから、子規の感動も大きい。もし生前母といっしょにこの場に居たとすれば、私はせめて子規がかつて見た眺望の話などをしたであろう。そして、遠くに立ち並ぶビルを見ながら、「日本も豊かになったわね」と呟《つぶや》く母を想像するのであった。

ここまでが、「道灌山」のまさに山であるが、その後子規は胞衣神社前の茶屋で柿を食べながら一服することになる。

すでに帰路に入っていたが、その後子規は荒れ果てた道灌山の婆の茶店跡を通り、諏訪神社の前まで来ていた。諏訪神社は現在も西日暮里公園からほど近い諏訪台通りにあるが、子規もこの道を通ったのであろう。

向ひの坂を上りて諏訪神社の横を行く〳〵向ふを見るに人四人横に並びて太鼓敲きながら何やら高声に唱へつゝ此方に来《くる》なり、近づきて見れば日蓮宗の葬式と見えて太鼓の後に棺の駕籠《かご》あり。駕籠のすぐうしろに車に乗りたる二十余りの女あり。此女あでやかにうつくしく著物さへはなぐ〳〵しき色なるに又世にたぐひなき様なり。されど余りのあでやかさに涙少き心地して柩の後に見ざらましかばと口をしく思はる。

ありがたき法の教と思ふかなひつぎを送る観音菩薩

谷中の墓地を横ぎり御院殿の坂を下りて帰る。歌修業の遊び今日が始めてなり。

「道灌山」の最後に若いあでやかな女性が登場するが、子規が想像で加えた場面かと一瞬疑ってしまった。確かにどこかに花を添えたくなる一文ではあるが、どうやら葬列には実際に出遇ったと信ずるしかないようだ。

私は、西日暮里公園から諏訪台通りを日暮里方面へと歩き始めた。諏訪神社の前を通り過ぎると前方に見事な花の一樹を捉えることができた。近づいて見ると、それはもうすぐ終わる養福寺の八重桜であった。

私は亡き母の面影を重ねながら、しばらく落花を浴びていた。

（平成二十六年十月二十五日）

田端駅南口　手前左の階段が不動坂

養福寺の八重桜　子規はこの通りで葬列と出遭う

子規記念球場

四月二十九日、根岸の子規庵を訪ねた私は、上野まで戻り公園内を散策していた。投句締め切りまでにはまだ充分時間があったので、私は園内にある野球場に来ていた。十五メートル程の高さのネット柵でぐるりと囲まれた敷地は、一般的な野球場より幾分狭いと思われた。少年野球チームが試合をしていたので、一塁側ベンチ近くのスコアボードを見たが、私のいるレフト方向の外野からでは遠すぎて得点を確認することができなかった。

ホームランでも出ればと期待しながらネットに顔を近づけて観戦していたが、高く飛んだ打球もみなネットの手前で落ちてしまうので、やはり少年達の力では柵越えのホームランを打つのはむずかしいように思われた。

私は、しばらく立ったままの姿勢で観戦していたが、どこか座れる場所はないかとフェンスに沿って移動をはじめた。が、どうやらこの球場には観客席はおろかベンチ一つないようであった。

両チームの得点がどうなっているのか確かめたかったが、チョークで書かれたスコアボードの数字が、どの位置からも余りよく見えないのである。ナイター設備の整っている球場にしては、スコアボードだけがやけに貧弱で昔のままといった感じであった。

私は移動を続けホームベース近くまで来ていた。「ストライク、ボール」、主審の声がよく聞こえたが、視線はすでに球場内にはなく、通路とフェンスの間にある句碑を捉えていた。

春風やまりを投げたき草の原　子規

この球場は、正岡子規記念球場と名付けられていたが、球場の解説には、子規が明治十九年頃から二十三年頃にかけて上野公園内で野球を楽しんだこと、幼名の升にちなみ「野球（の・ぼーる）」という号があること、ベースボールを「弄球《ろうきゅう》」と訳したほか「打者」「走者」「直球」などの訳語は現在も使われていること、これらの功績から平成十四年に野球殿堂入りをしたことなどが記されていた。

そして、明治二十三年三月に撮影されたユニホーム姿の若き子規の写真が、右側の比較的広いスペースに印刷されていた。野外で撮影されたかのような感じもするが、実は写真館で撮ったものであると何かの本で読んだ記憶がある。確かにそう言われて見れば、右上に富士山と思われる山が描かれるなど、どことなく不自然さが残っていた。

ただ、わざわざ野球のユニホーム姿で写真を撮るなど、それだけ子規が、野球に強い関心を抱いていた証として、貴重な一枚であることは確かであった。

子規に「筆まかせ」という学生時代に記録したノートのようなものがある。もちろん、改造社や講談社の子規全集には収録されているが、私もかつて岩波文庫の「筆かませ抄」を購入し、拾い読みしたことがあった。

日常の見聞や経験や思考を直ちに書きしるし、さらにそれを文集に編んで他人に示そうとする志向は、ごくおさない頃から強く子規をとらえていたようだ。もちろん、文章を書くのが好きな人間なら誰しも、多少はそういう経験があるだろうが、子規の場合はそれがまことにおどろくべきひろがりと持続を示している。

これは粟津則雄の「筆まかせ抄」の解説の書き出しの部分であるが、子規が東京にやってきた明治十六年六月の翌年、すなわち明治十七年二月十三日から明治二十五年まで書き続けた、いわば青春時代の記録である。ユニホーム姿の子規の写真もこの筆まかせ時代のものであった。

子規の年譜などから、明治二十一年八月に鎌倉で喀血、翌二十二年にも喀血し、ついに子規と号したことなど、よく知られていることであるが、それでも筆まかせ時代は、比較的健

正岡子規記念球場の句碑　春風やまりを投げたき草の原

康を維持し、ベースボールに打ち興じていた時期でもあった。

明治二十一年は一橋外の高等中学寄宿舎の煖炉のほとりにて迎へぬ。此頃はベースボールにのみ耽りてバット一本球一個を生命の如くに思ひ居りし時なり。

これは子規が後に、かつて過ごした新年を思い出しながら書いた「新年二十九度」という随筆の中の明治二十一年の記憶である。

「バット一本球一個を生命」は、子規の言葉の中では比較的有名な方で、よく引用される箇所でもある。

満月のような真ん丸い石版に彫られた子規の春風の句は、ベースボールをしたいという思いに駆られたものであるが、実はこの句は上野公園で詠まれたものではない。

それより片町のほとりにいづ、植木屋夥《おびただ》しく時に芝を養生する広場あり。我々ボール狂には忽ちそれが目につきて、ここにてボールを打ちたらんにはと思へり。

春風やまりを投げたき草の原

これは、「筆まかせ」明治二十三年四月七日の記事であるが、この日子規は、弁当を携えて仲間と筆頭菜《つくし》狩りに向かった。片町とは今の文京区本駒込の辺りのようだ。「こんな所でベースボールができたらなあ」と感慨深く芝生広場を見渡している子規の姿が見えてくるようだ。

私は、句碑の近くに佇みながら再び少年野球に視線を戻した。

「もしや、須藤さんですか」

「はい、そうですが」

「ご無沙汰しております」

顔は何となく覚えていたが、名前が出てこない。

「こちらこそご無沙汰しております」

「今日は俳句の関係でいらしたのですか」

「ええ、今日午後からそこの文化会館で句会がありまして、まだ時間があるので野球を観戦していました」

この時点でこの老紳士が、静岡県俳句協会の会員で、かつてどこかの大会でごいっしょさせていただいた、とまでは思い出していたが、相変わらず名前が出てこなかった。

「今日は何か見にいらしたのですか」

「長女が東京にいまして、訪ねた時はいつも上野の美術館に絵を見にきています」

「そうでしたか。俳句以外にもよいご趣味をお持ちですね」

「須藤さんの横の句碑は、正岡子規のものですね」

「ええ、先ほど私も気付きまして、球場の解説も読ませていただきました」

「野球は子規が名付親とよく言われていますが、実は違うのだそうですね」

「私も詳しくは知りませんが、解説にもあるように、の・ぼーると音を真似ただけのようですね」

「そうなんです。子規が野球をヤキューと発音して使っていれば、子規の手柄《てがら》だったのですが、その形跡はないようです」

「もうかなり前になりますが、そんな本が話題になりませんでしたか。確か古本屋で見つけて私も買った覚えがあります。不勉強で余り読んではいませんが」

「城井睦夫《きいむつお》という人がベースボールと子規の関係について詳しく調べて書いていますが、須藤さんが買われたのもその本でしょう」

「野球（ヤキュー）は誰でしたか、名付親は」

「最近、読み返してみたのですが、中馬庚《ちゅうまんかなえ》という人で、やはり野球殿堂入りをしているそうです」

「そんな貴重な本でしたか。本棚のどこかに眠っていると思いますので、家に帰ったらさっそく捜してみます」

「実は、あつかましいお願いで恐縮ですが、お会いした記念に今日の吟行の句を披露していただけませんでしょうか。以前、富士宮市で開催された俳句大会の折り、大賞を受賞された須藤さんの富士山の句を今でも覚えています」

老紳士はそう言うと私の句を口ずさんだ。

富士ありてこそ空の秋水の秋

静岡県富士宮市で「ねんりんピック」の俳句大会が開催されたのは、平成十八年のことであった。そして、私は最後まで名前の思い出せなかった老紳士の申し出に快く応じた。

昭和の日子規に昭和のなかりけり

（平成二十七年五月二十四日）

（注）子規と野球については、城井睦夫『正岡子規ベースボールに賭けたその生涯』（紅書房刊）に詳しい。

第五章　葬送の道

望東と紅緑

「今日泊めてもらうよ」

「お父さんまた来るの」

「それはそうだ。お前の学費や家賃を払っているスポンサーなんだから、いつ行ってもいいだろう」

「それなら焼肉でもご馳走してよ。ラーメン屋のバイトでラーメンばかり食べているからさあ」

「まあ、タマにはいいだろう」

私は東京に着くと、さっそく八王子に住む次男のケイタイに連絡を入れた。

正岡子規の「道灌山」は、明治三十二年九月二十八日、自力ではもはや歩行困難な子規が、人力車に乗って見た景色を文章と短歌で綴ったものであった。それは、鶯谷の子規庵から田端の停車場までの往復の道のりで、休憩時間を入れても恐らく二時間程度ではなかったかと思われる。

そして、田端の大龍寺《だいりゅうじ》には子規の墓があった。子規が亡くなったのが、明治三十五年九月十九日のことであるから、「道灌山」からおよそ三年後ということになる。

私は「道灌山」を歩きながら、子規が亡くなったあと子規の亡骸《なきがら》はどの道を通って大龍寺まで運ばれたのか、自分が今歩いている道も実は、子規葬送の道の一部ではないかと思ったりもしたのであった。

そこで、以前にもお世話になった根岸子規会の奥村雅夫さんにその話をしてみた。

「それでしたら、すでに我々も何度か歩いています。その時の資料が家にありますからすぐにお持ちしましょう」

ＪＲ鶯谷駅の北口を出て寛永寺陸橋の下の横断歩道を渡ると花屋という喫茶店がある。奥村さんとは何度かそこでお会いしたことがあった。

奥村さんの家もその近くにあるらしく、十五分程待つと戻ってこられた。

「これは、平成二十四年十月十四日に応募して来られた一般の方達といっしょに歩いたスケジュール表と道の地図です」

「大変参考になる資料をありがとうございます。ところで、いったいどのように子規の葬送の道をお調べになったのでしょうか。虚子や碧梧桐の書き残したものからは、そこまでは判らないと思いますが」

「実は、講談社刊の子規全集の別巻に子規と交友関係のあった人達の文章が収録されていまして、その中に参考となる文献が二つありました」

「誰が書いたものですか」

「一つは牧野望東《ぼうとう》で、もう一つは佐藤紅緑《こうろく》が書いています」

「私も講談社の子規全集は持っていますので、家に帰ったらさっそく読んでみたいと思います。せっかく教えていただいたのですから、道灌山の方が一段落しましたら、今度は葬送の道を歩かせていただきたいと思います」

奥村さんからは、いくつかのポイントとなる場所を教えていただいたが、私は家に帰るとさっそく二つの文章を読んでみた。牧野望東のそれは「子規居士の霊柩を送る」と題するものであった。

子規居士の霊柩を送る、嗚呼《ああ》子規居士の霊柩を送る、時維《これ》明治三十五年九月廿一日午前九時根岸庵を出たる子規居士の霊柩は親近友人に其左右を護せられつゝ数百人の会葬者は歩調粛々として北へ金杉を過ぎ日暮里の踏切を越え、道灌山と日暮里の狭道を西へ進み、右折して田端大龍寺へ着せり

望東の文で参考となるのは最後の二行だけであったが、文中の金杉とは日暮里村大字金杉のことで、現在のそれに近い道は尾久橋通りから羽二重団子の店の前を通る道である。その道を西日暮里駅近くまで進み、踏切を渡ってまたしばらく進んだあと道灌山と日暮里の狭道を西に進んだと考えられる。もちろん、当時は日暮里駅も西日暮里駅もなかった。

この狭道は、明治の古い地図を見ても何本か考えられるが、恐らく大龍寺まで最短で行ける道を選んだ可能性が高い。そこで年末の慌しい時期ではあったが、さっそく現地を歩いて確かめてみることにしたのであった。

子規庵から歩いて西日暮里駅の高架をくぐると、右手に開成高校、左手の高台の上には西日暮里公園の樹木が見える。開成高校の手前には「ひぐらし坂」があって、そこを上り詰めた辺りに子規と虚子が語り合った婆の茶店があったのではないかと、私はかつて子規の「道

灌山」を歩きながら推測してみたのであった。

そして、佐藤紅緑の一文は「子規翁終焉後記」と題するもので、子規の墓が大龍寺に決まるまでの経緯が書かれていたが、肝心の葬送の道については、こちらもそう詳しいものではなかった。ただ、牧野望東とはまた違った風景を捉えていて、両者を併せ読むことで、子規の葬送の道が点で繋がるのであった。

柩は既にして鶯横町を出て金杉筋を真直に花見寺の横の方から曲がつて極めて閑寂なる町（村？）を通りゆく、此の辺り一体に植木屋が多く戸々の垣根、門の内外、三径五畝悉《ことごと》く草花が造られ、いろ〳〵な植木鉢が並べられて往来の静かに美くしき事いふ許りない、某寺の前に満身悉く赤い紙をべた〳〵に張られある石の二王が立つて居る所を過ぎて間もなく大龍寺に着いた、根岸からは彼れ是れ二十町余もあるであらう。

ここに登場する花見寺とは西日暮里駅にほど近い青雲寺のことで、散策マップなどを見ると「花見寺とも呼ばれ」などと紹介されている。高台にある西日暮里公園の真下にあるので分かりにくいが、私は寺を確認すると広い道灌山通りを渡り、再び開成高校の前に立った。

「葬送の道」予想経路の一部（与楽寺→大龍寺）

果たして、子規の葬列はここからどこを西（右）へ曲がったのであろうか、紅緑の文には「花見寺の横の方から曲がって」と大雑把な表現で、望東は「道灌山と日暮里の狭道を西へ進み」と、こちらもはっきりとは道を特定できないような表現になっている。

ここで最も重要なポイントとなるのが、紅緑が書き残してくれた「某寺の前の満身悉く赤い紙をべた〳〵に張られある二王が立つて居る所」であった。

ここさえ分かれば、そこに繋がる最短の道が見えてくるのであった。

私は開成高校の前から道灌山通りを下り「中里たばこ酒店」の所まで来ると、小料理屋との間の狭い道に入った。奥村さん達が選んだ道もここであった。突き当たりでいったんは左折するものの、この道は与楽寺坂《よらくじざか》に通じていた。そして、紅緑の文に登場する某寺とは、与楽寺から三百メートル程の距離にある東覚寺のことであった。

与楽寺坂の少し手前に、北区教育委員会の立てた坂の案内板があるが、私はそのすぐ先を左折して田端駅通り商店街に出た。近くのバス停の名を見ると「上《かみ》田端」とあった。

明治の地図を見てもほぼ同じ位置に道があるので、私はここまで子規の葬列に付き従うような心持ちで傘を差したり畳んだりしながら、ゆっくりと歩いて来たのであった。

今日十二月二十九日はそんな空模様であったが、明日は東京も晴れるとの予報である。葬送の道も山場にさしかかっていたが、八王子に住む次男と夕食を共にする約束があったので、ここから大龍寺までの道のりは明日に残しておくことにした。

雨の降りだす気配はもうなかったが、東京の空は暮れ急いでいるようであった。

（平成二十七年一月三十一日）

赤紙仁王

東京根岸の子規庵から歩いてようやく辿り着いた東覚寺《とうがくじ》の寺務所で、私は赤紙二枚と線香一束をセットで買い求めた。

「あの一対の仁王様は、江戸時代のものなのでしょうか」

「はいそうです。寛永十八年とあります」

私はそのような年代物の石像が、野ざらしになっていることに驚いた。

「絶えることのない赤紙が、風雨から守って来たのかも知れませんね」

「そうかも知れません」

「赤紙は貼らずに記念に持ち帰ってもよろしいでしょうか」

「それは困ります。仁王様に必ず貼ってからお帰り下さい」

そう言うと寺の大黒様らしい人は、二枚の赤紙の端に糊《のり》をさっと塗った。

「そんな余計なことをしなくても…」

と心の中で思ったが、よくよく考えて見れば、私も頭や顔や腹などに難がないわけでもない。

阿像《あぞう》と吽像《うんぞう》の一対の石仏仁王が身代わりになって私の悪い所を治してくれるというのであれ

ば、貼りたい箇所はいくらでもあると思えてきた。

「分かりました。おっしゃる通りにいたします」

私はそう言うと仁王像の前に戻った。


子規が生前、この赤紙仁王にまみえたかどうか、もし見たのであれば子規が記録しない筈はないと思い、手当たり次第に子規の書いたものを調べてみたが、今のところ見つかっていない。

子規の葬送の道は、情報としては少ないが、牧野望東と佐藤紅緑が書き残してくれた資料があった。

特に紅緑の「子規翁終焉後記」には、花見寺（青雲寺）と某寺（東覚寺）が登場するので、あとは明治の地図と現在の地図にある道とを重ね合わせてみれば、子規葬送のおおよその道を辿ることが可能であった。

また、現在は有り難《がた》いことに「江戸名所図会」を文庫本で見ることができる。ちくま学芸文庫の『新訂江戸名所図会5』には、「田端八幡宮」が掲載されている。この図絵を見ると、与楽寺を通り過ぎてほぼ直角に左折すると田端八幡宮があり、その横に東覚寺が描かれてい

東覚寺の赤紙仁王　手前が阿像、奥が吽像

る。

　そして、図をよく見ると赤紙仁王と思われる一対の石像らしきものが、八幡宮の門前に描かれていた。実は、明治初期の神仏分離の際に隣の東覚寺の前に移されたのであるが、紅緑が見た仁王も現在私の前に立っている仁王も同じものであった。

　寺の仁王の由来を書いた案内板によれば、寛永十八年（一六四一年）宗海という僧侶が造《ぞう》立《りゅう》したとある。一説によれば当時江戸市中で疫病《えきびょう》が流行しそれを鎮《しず》めるために造立したとのこと。その後、参詣人が自分の悪い部位と同じ箇所に赤紙を貼るといった庶民信仰が根付いたようだ。現在も何百何千という赤紙が石像の原形を止《とど》めないまでに貼り重ねられていた。

「さて、どこに貼ろうか」

そう思って仁王の前に立ったものの目鼻や口、それに耳などがどこにあるのかも分からない。部位を特定するためには、何重にも貼り重ねられた赤紙を剥がしてみなければならなかった。もちろん、そんな罰当《ばちあ》たりなこともできないので、私はどこに貼るともなく、ひとまず思いついた俳句を赤紙に書いた。赤紙の大きさは、ホトトギス社の俳句手帳（縦十五センチ・横十センチ）と比べてみて、縦に幾分長く横に幾分短いものであった。

赤紙の阿像の冬日眩しめり
吽像の赤紙を吹く寒さかな

実際、吽像の下方に貼られた赤紙は、その多くが剥がれ落ちて素肌が露《あら》わになっていた。

私は腰が幾分疲れていたので、二枚の俳句入りの赤紙をそれぞれの仁王の背中続きの下の方に貼ってみたが、どうやら私の赤紙だけが他に紛れずに目立っているようであった。あとで寺の大黒様が見れば、

「きっと、さっきの赤紙を持ち帰ろうとした人に違いないわ」

と、犯人をすぐに特定するかも知れなかったが、あるいはその前に風に飛ばされてしまう可能性の方が高いとも思われた。

現在、東覚寺の横には幅の広い道路が通っているが、赤紙仁王もその影響を受けて、平成二十年の拡幅工事の時に七メートル程後方に移動したとのことであった。

ここでいったん遮断された子規葬送の道は、このあと赤紙仁王通りを田端三丁目方向に延びている。そして、牧野望東の「右折して田端大龍寺へ着せり」とあるように、現在は大《だい》久《きゅう》寺《じ》の少し先のクリーニング白栄舎の所を右折すれば八幡坂通りとなり、大龍寺横の八幡神社が視野に入って来る。それは、丁度《ちょうど》田端駅から坂を上って来るのとは逆の裏から入る道であった。

紅緑は、ここまでの距離を二十町余と書いているが、一町を百九メートルとすれば、二十町は二キロを少し超えるくらいになる。しかし、地図の上で確認すると三キロ以上はあると思われた。それは子規庵から歩いて一時間近く掛かる道のりであった。

八幡神社の銀杏は色褪せた乾いた葉を無数鏤《ちりば》めていたが、時々枯れ葉が舞うように落ちて来るのが見えた。私は八幡坂通りを上り神社の前を左折しようとした時、坂を下ってくる老紳士とすれ違った。振り向くと後姿がどこか一昨年亡くなられた山会《やまかい》の仲間、志鳥宏遠《しどりこうえん》さんに似ているような気がした。

（平成二十七年二月二十八日）

大龍寺

私は子規の葬送の道を辿りながら田端の大龍寺に来ていた。

山会の仲間であった宏遠さんが亡くなられたのは、平成二十五年十一月五日のことであった。本名は「ひろとう」であったが、俳号は「こうえん」と自ら音読みされていた。俳句に文章に円熟味の加わるまさにこれからという時に、七十二歳の若さで亡くなられたのは、誠に残念なことであった。

宏遠さんの書かれた写生文は、どれも構成がしっかりしていて、「正確な文章を書かれる方」との印象が今でも強く残っている。

文章の批評も的確で感心させられることが多かったが、特に言葉の使い方の欠点は見逃さなかったように思う。私が今でも覚えているのは、迂闊《うかつ》にも「寺の社務所」と書いた私の文章を聞き逃さず、「それは寺の寺務所でしょう」と指摘されたことがあった。それ以来私は、宏遠さんになるべく指摘されないように言葉の使い方にも気を遣うようになったのであった。

宏遠さんは幸いというべきか、亡くなる二カ月前、伝統俳句協会の機関誌『花鳥諷詠』（平成二十五年九月号）に「志鳥宏遠に聞く」を遺されていた。これを読めば宏遠さんと俳句や写生文との縁《えにし》が見えてくるが、初めて山会に参加されたのは平成十一年一月のことで、この時発表されたのが、流氷の下に住むクリオネをテーマにした「小さきもの」であった。

私はこの席で初めて宏遠さんにお会いしたのであるが、「いきなり山会に参加されて、これだけ立派な写生文を書ける人は、そうはいないのではないか」との印象を持った。そして、その最初の印象は、その後十数年にわたって発表された作品を見る限り、正しかったと思えるのであった。

私は大龍寺に来る数日前に、『ホトトギス』平成十六年十月号に掲載された宏遠さんの「墓前にて」を読んでいた。宏遠さんの写生文の中では、最も好きなものの一つで、掲載されるとすぐにコピーを取って子規関係のファイルの中に入れておいたのであった。

久しぶりに降りた山手線の田端駅は、初夏の明るい日差しの中にあった。八年か九年振りに見るその駅前は、想像していた通り綺麗《きれい》に再開発されている。書店や若者向けのファストフードの店が入ったテナントビルなどのほか二十階もあるオフィスビルが建ち、以前の下町独特の雰囲気の駅前から面目を一新している。

書き出しでまず田端駅前の様子を捉えている。宏遠さんは駅前に佇んで時の流れを肌で感じ取っているかのようだ。そして、いよいよ記憶を頼りに歩き出すのである。

駅前の大通りを横切り、私は江戸坂に入った。この坂は田端から浅草方面に通じる昔からの生活道路である。ゆるい坂の左右には小さな雑貨屋や蕎麦屋などが残っているが郵便局は真新しいビルの中に移っており、また当然のことながらコンビニも進出していた。この江戸坂まで来れば、目指す所は間もなくのはずである。

息を少し切らしながら田端文士村記念館の横の坂道を上ってゆく宏遠さんの後姿が見えてくるようであるが、目の前に出現した風景を概《おおむ》ね諾《うべな》いながら歩いたのではないだろうか。
そして文章はここで転じて、今年春の選抜高校野球大会で優勝した松山の済美《さいび》高校の話題となる。

この高校は、郷土の先輩である正岡子規の俳句を応援に取り入れていた。千人近い応援団がスタンドで声を揃え、例えば子規の「春や昔十五万石の城下かな」などの句を叫ぶのである。

宏遠さんは、実は数日前から風邪で身体にだるさを感じられていたが、明るい日差しの中を歩けばそれも吹き飛ぶとの思いで、出掛けられたのであった。恐らく、途中休むことなく大龍寺まで来られたのであろう。そして、しばらく子規の墓の周辺を描きつつ墓前に立たれたのである。

私は頭を垂れてその墓に子規の後輩に当たる松山の選手たちが全国制覇をなしとげたこと、またその応援には子規その人の俳句が使われていたことを報告した。

ここで完結させてもよい文章ではあるが、宏遠さんにはこの後、思いがけない出会いが待っていた。

ふと人の気配を感じて左手を見ると、寺の塀越しに六十年配の温厚そうな男の顔があった。私が目礼するとその人は「お参りですか」と声をかけてきた。「報告に来たのです。子規の後輩たちが野球で全国優勝をなしとげたものですから」と答える私に、その人は「知っていますよ。済美高校でしょう。テレビで見て、よくやったと思っていましたよ」と応じてくれる。

その人とは、子規の墓の西側にある滝野川第七小学校の庶務主任の門井さんで、墓所へ伸びる桜の枝を気にされて剪定をしているところであった。そして、心の通う会話の最後に、門井さんは宏遠さんに「私もあと数カ月で定年ですが、後任にもこの枝のことはきちんと伝えておきますから」と会釈をされ、その場を立ち去られたのであった。

私は、平成十六年四月二十日に宏遠さんと門井さんとの一期一会の縁のあった場所まで来ると、墓所まで枝を伸ばした小学校の桜の古木を見上げた。

（平成二十七年三月二十九日）

桜

東京の上野の桜がもうすぐ満開とのニュースを聞いて、私はある桜を訪ねてみたいと思った。三月二十九日は午後から山会があったので、午前中にその桜を見ておけばよいと考え、いつもより少し早めの列車に乗って静岡を出た。そして、子規の墓のある大龍寺に到着したのが午前十一時頃であった。

墓所に入ると正面前方に満開に近い数本の桜を捉えることができたが、私が見たかったのはそれとは別の桜で、もっと子規の墓に近い所にあった。と言っても、それは大龍寺のものではなく塀を隔てた滝野川第七小学校の古木であった。

この桜のことを教えてくれたのは、山会の仲間・志鳥宏遠さんであった。宏遠さんは、残念ながら平成二十五年に帰らぬ人になってしまったが、多くの優れた写生文をホトトギス誌上に残された。

その中に平成十六年十月号に発表された「墓前にて」と題する子規の墓参をテーマにしたものがあった。小学校の庶務主任の門井さんとの心の通う印象的な会話が文中に挿入されているが、門井さんはその時、墓所に伸びる桜の枝を気にされて剪定をしているところであった。

その枝が十年を過ぎた今、果たしてどうなっているのであろうか、そんな宏遠さんの桜のことを思い出しながら大龍寺を訪ねたのは、昨年十二月も終わりに近い日のことであった。

子規にとって縁もゆかりもなかったと思われるこの寺が、どの様な経緯で選ばれたのか、かつてそんなことも考えてみたが、偶然にも子規の葬送の道を探る過程で参考にした資料の中にその答えを見つけることができた。それは、佐藤紅緑の「子規翁終焉後記」である。

子規が亡くなったのは、明治三十五年九月十九日午前一時頃、出棺は二十一日午前九時。紅緑の終焉後記からは、子規の墓所がその僅《わず》かの間に急遽《きゅうきょ》決められたような印象を受けるが、あるいはすでに候補地として以前から挙《あ》がっていたのかも知れない。ただ、墓所の選定には、どうやら生前の子規の希望が強く反映されたようだ。


寺の事は大体左の如く決定した、翁は平生没後は東京の近傍に葬つて貰ひたいと言はれて居つた、其れも上野とか向嶋とか花見の帰りに酒臭い息を石碑に吹きかけこれは正岡子規の墓だ抔《など》とステツキの先で突つかれる様な処はイヤだとの事であるので釈清潭に寺の事を照会したら、二つある、一つは高田の方で禅寺であるが余り奇麗でない、一つは田端の大龍寺で律宗であるが清潔であるとの事で、ソコデ衆議の結果兎《と》も角《かく》も宗旨は何でも構はぬ其れは翁の余り固執しなかつた処ろである、只だ境内が静閑で墓地の掃除が行き届いて居ればよい（以下略）。

滝野川第七小学校の桜　正面突き当たりが子規の墓

実際、子規が亡くなったその日のうちに河東碧梧桐と伊藤左千夫が大龍寺を検分し、墓地が極めて清浄であることを確認している。

ただ、正岡家の宗旨が禅宗であったため、律宗《りっしゅう》という宗派の違いがやや問題になったようであるが、子規の母堂に相談したところ、「皆さんの御都合のよい様に」とのことで、この点もすんなり解決したようだ。

また、子規の戒名については、内藤鳴雪から獺祭《だっさい》書屋《しょおく》子規居士ではどうかとの提案が出されたが、生前の子規は戒名の長々しいのは馬鹿げていると言っていたと、虚子が発言したことにより、最終的に「子規居士」とすることでみなの同意を得たようだ。

ちなみに、文中に釈清潭《しゃくせいたん》という聞きなれない人物が出てくるが、調べてみると、実は子規の俳句にも詠まれていた浄名院《じょうみょういん》の僧であった。

ある僧の月も待たずに帰りけり　子規

私は、紅緑の終焉後記を思い出しながら宏遠さんの書き残してくれた桜の枝の下に立った。見上げると、すでに七、八分の花を鏤めていたが、枝はその後、剪定された気配はなく、塀際に並ぶ墓を越えて通路にまで達しそうな勢いで伸びていた。

門井さんが退職された後は、どうやら放置されているようであったが、私はむしろこのままの方が子規の墓を訪ねる人にとっては好ましい情景ではないかと思った。

恐らくもう十年もこの状態が続けば、やや高めの花のアーチをくぐりながら子規の墓参ができるようになるであろう。もっとも、子規にとっては迷惑なことかも知れないが…。


（平成二十七年四月十九日）

（注）滝野川第七小学校は、平成二十六年三月三十一日をもって閉校した。

あとがきに代えて

山会と写生文

山会は子規の枕頭に始まり、子規亡きあとは虚子に引き継がれた。その後も高浜年尾から稲畑汀子へとホトトギスと共に歩んできた歴史がある。

山会の名付親である子規は、文章においては「写実的な小品文」を実践してきたが、文章には山が必要であると説いた。それは、読者が強く共感する部分と解釈してもよいが、当時は聞いていた者が思わず噴き出すといった、落語的な滑稽な山を意味していたようだ。

子規庵で月に一度の文章会が開催されるようになったのは、明治三十三年九月のことであった。それぞれが持ち寄った文章を子規の枕頭で朗読すると、子規はそれを遠慮なく批評した。参加者も意見を述べる機会が与えられていたようであるが、大将である子規の意見が最も尊重された。ちなみに、子規が興津移転に心を動かしたのもこの年のことである。

また、基本的に山会を通った文章でなければ、ホトトギスには掲載しないというルールもこの時確立されたようだ。夏目漱石の「我輩は猫である」も子規亡きあとの山会で、虚子が代読したものであった。

現在の山会も子規の時代と同じく、自分の文章は自分で朗読する。文章の良し悪しは、活字を目で追うことで判断するのが一般的であるが、ここで頼りになるのは耳だけである。よって、朗読がヘタだと幾分損をすることにもなりかねないので、みな朗読には気を遣うようになる。

子規亡きあとは虚子が山会を引き継いだが、写生文という名称は虚子が使うことにより定着したとみてよいであろう。子規は虚構に対しても寛容であったが、虚子は虚構を加えることを好まなかった。虚子は小説家でもあったが、目指すところのものは、事実ありのままを写生して、それが小説でも通用する文章を書くことにあった。その難しさは虚子も承知していたが、『柿二つ』や晩年の『虹』などは、事実を曲げずに書いて成功した作品といえよう。ただ、想像を駆使して書くことを退けた小説家虚子の弱点と限界もここにあった。

現在も山会で発表される写生文は、この虚構を加えず事実の描写に忠実なものが多い。ただ、情景描写よりも作者の心の動きに重きを置く写生文も多く存在している。虚子はこれを特に「俳文」と呼んでいたが、現在この名称はほとんど使われていない。しかし、心情を描く場合にも自らの心を外から客観的に見て描写するといった冷静さが必要になる。感情を露骨に表出したり、自慢臭を漂わせている文章は、下手とされて大概は落とされてしまうのである。

現在、ホトトギスに掲載されている写生文は多様であるが、日常の生活の中で題材を見つけ、それに虚構を加えず客観的に描写するという点では、虚子の時代も今もそう大差はないと考えられる。

「テーマさえ見つかれば、写生文は誰でも書ける」。これは私の経験からそう言える、ということであるが、逆にテーマが見つからないと何も書けないということにもなる。そこには、毎月テーマ探しに苦労している自分や仲間の姿がある。

最後になるが、このような特種?な文章の出版を快く引き受けて下さった静岡新聞社編集局出版部のみな様にお礼申し上げたい。

須藤常央

平成二十七年十月吉日

『ホトトギス』初出一覧

一、子規と興津

野菊…平成十五年三月号
小菊…平成十五年四月号
野菊その後（一）…平成十五年十月号
野菊その後（二）…平成十五年十一月号
野菊その後（三）…平成十五年十二月号
私の子規忌…平成十六年二月号

二、柿熟す

柿熟す…平成十六年四月号
柿熟す―その後…平成十六年五月号
柿熟す―柿再び…平成十七年二月号
柿…平成二十七年四月号
愚庵の柿…平成二十七年五月号

三、遠州三吟

雨月…平成二十年七月号

村一つ（一）…平成二十年八月号
村一つ（二）…平成二十年九月号
村一つ（三）…平成二十年十月号
立春前…平成二十年十一月号
続立春前…平成二十年十二月号

四、道灌山

御院殿跡…平成二十六年十月号「暮春（一）」
音無川…平成二十六年十一月号「暮春（二）」
羽二重団子…平成二十六年十二月号「暮春（三）」
道灌山…平成二十七年一月号「暮春（四）」
夕顔の花…平成二十七年二月号「暮春（五）」
八重桜…平成二十七年三月号「暮春（六）」
子規記念球場…平成二十七年十月号「昭和の日」

五、葬送の道

望東と紅緑…平成二十七年六月号「葬送の道（一）」
赤紙仁王…平成二十七年七月号「葬送の道（二）」
大龍寺…平成二十七年八月号「葬送の道（三）」
桜…平成二十七年九月号「葬送の道（四）」

須藤　常央（すとう・つねお）
昭和31年4月21日群馬県生まれ。
静波俳句会代表
時雨句会（稲畑汀子主催）所属
山会（稲畑汀子主催）所属
俳誌「桑海」副主宰
俳誌「ホトトギス」同人
日本伝統俳句協会評議員
虚子記念文学館評議員
静岡県俳句協会理事
「富士山歳時記」選考委員
第45回角川俳句賞受賞
「名句鑑賞辞典」（角川書店）共著
「現代俳句大事典」（三省堂）共著

住所　〒420-0915
静岡市葵区南瀬名町12-16

子規探訪

2015年10月21日　発行

著　者／須藤常央
発行者／大石　剛
発行所／静岡新聞社
〒422-8033　静岡市駿河区登呂3-1-1
電話054-284-1666　FAX054-284-8924
印刷・製本／図書印刷

ISBN978-4-7838-2246-2　C0095